KB142172

앉는 법,
서는 법,
걷는 법

앉는 법,
서는 법,
걷는 법

잘 '앉고' 잘 '걷기'만 해도 우아하고 날씬해진다

곽세라 지음

"날 듯이 즐거웠던 기억을 떠올려 봐. 그럼 날 수 있어."

– 피터팬이 웬디에게
나는 법을 가르치면서 한 말

이것은 생각의 기술이다.
운동으론 키울 수 없는
가장 깊은 근육을 키우는 유일한 방법이며,
'나'를 늘 새것처럼 담아 보관할 수 있는
고급스러운 상자를 마련하는 일.

뇌와 몸만 있으면 된다.
준비물은 그게 다다.

이 책의 마지막 장을 넘길 무렵,
당신은 이미 다른 방식으로 앉아 있을 것이다.

이것은 냉장고 문을 여는 것에 관한 이야기이다

이것은 냉장고 문을 여는 것에 관한 이야기이다.
카페 의자에 앉아서 시간을 보내는 것에 관한,
고양이를 안아 올리는 것에 관한,
횡단보도를 건너고, 버스를 기다리고,
소원이를 들여다보는 것에 관한 이야기이다.
하루 1시간씩 운동하는 것에 관한 이야기가 아니라
운동을 하지 않는 나머지 23시간에 관한 이야기이다.

'하루에 15분씩만 시간을 내어 이 운동을 해보세요!', '하루에 딱 4분, 몸이 날씬해지는 기적!'이라는 광고문구를 흔히 본다. 하지만 그 '하루에 15분', 아니 단 '4분'이 왜 그렇게 어려운 걸까? 정말로 하루에 15분도 시간을 낼 수 없을 만큼 바빠서가 아니다. 편안히 타고 흐르던 익숙한 하루의 리듬을 깨고 그 중간에 15분이건 4분이건 굉장히 낯선 동작들을 끼워 넣는다는 게 우리의 본성을 거스르기 때문이다.

일단 부자연스럽다. 물론 그 짧고도 효과적인 운동은 4분이면 끝나겠지. 하지만 그걸 하기 전에 치러야 하는 한바탕 투쟁이 있다. 그게 길고도 번거롭다. '운동'을 하려면 읽던 책을 내려놓아야 하고, 가던 길을 멈춰야 하고, 커피를 마시던 아늑한 자리에서 일어나야 한다. 우린 그게 싫은 거다. 그뿐인가? 스스로와의 싸움에서 승리하여 운동을 하기로 '선택'해야 하고, 침대 밑에 밀어 넣어둔 매트를 꺼내어 깔 '마음'을 먹어야 하고, 옷을 갈아입기로 '결정'해야 한다.

선택은 갈등이고 스트레스다. 우리에게 필요한 것은 쉬움이지 또 다른 스트레스가 아니다. 무언가를 끝까지 계속해나가려면 선택할 필요가 없어야 한다. 숨을 쉬는 것처럼. 앉고, 서고, 걷는 것처럼.

우리는 흐름을 타고 살아간다. 그 흐름을 깨는 무언가를 억지로 끼워 넣기보다는 흐름을 타고 가는 방식을 바꿔버리자는 것이 내 프로젝트의 핵심이었다.

나는 운동 반대 운동가이다. 10년 넘게 피트니스 강사로 일했지만 스쾃squat이나 윗몸일으키기가 즐거웠던 적은 단 한 번도 없다. 운동할 시간에 약속이 생기면 남몰래 기뻤다. '운동 알약' 한 알만 삼키고 하루 종일 카페에 앉아 있을 순 없을까 궁리하는 게으름의 화신이었다. 솔직히, 나는 '운동'이란 말이 처음부터 싫었다.

이것은 생각의 기술이다. 운동이 아니다. 오로지 상상력, 집중력으로 몸을 쓰는 마음자세를 바꾸는 훈련이다. 따로 시간을 내어 지금껏 하지 않았던 '새로운 것'을 할 필요가 없다. 지금껏 해왔고, 지금도 하고 있는 일들을 새롭게 '느끼는' 것이 전부다. 캄캄한 방 안에서 눈 감고도 할 수 있는 일들을 불 켜고, 눈 뜨고 해보는 것이다. 앉고, 서고, 걷기 위해 우리가 선택하거나 결심하거나 사야 할 것은 없다. 다르게 느끼면 다르게 할 수 있고 몸이 변한다.

뇌와 몸만 있으면 된다. 준비물은 그게 다다.

상상력이 풍부하다면 더욱 좋다. 움직이는 법을 아예 잊어버렸다고 상상하는 것으로부터 시작하기 때문이다. 우리는 이제 한 번도 움직여본 적 없는 것처럼 백지상태로 돌아가서 몸지도를 처음부터 새로 그릴 것이다. 자세는 몸을 담는 그릇이다. 새 술을 새 부대에 담듯, 새로운 몸을 원한다면 새로운 자세를 익혀야 한다. 움직임의 고정관념을 깨고, 습관의 상자 속에서 몸을 꺼내자. 이 책을 읽고 나서 자세 프로젝트에 돌입한다면, 빠르면 2달 뒤, 늦어도 1년 이내에 당신은 이렇게 된다.

- 편안하게 앉아 있어도 배가 나오지 않을 것이다. 그래서 카페에 앉자마자 쿠션으로 배를 가리는 습관이 사라진다.
- 서 있는 시간이 휴식시간으로 느껴질 것이다.

- 오후에 훨씬 덜 피곤할 것이다.
- 따로 운동하지 않아도 커피와 함께 케이크 한 조각을 죄책감 없이 먹게 될 것이다.
- 키가 2cm쯤 커지거나 최소한 그렇게 보일 것이다.
- 어깨, 팔, 목, 갈비뼈, 골반, 발목의 위치가 미세하게 바뀌면서 몸느낌이 달라질 것이다.
- 승모근이 줄어들면서 목이 길어질 것이다.
- 우아하게 걷고 앉고 서는, 몇 안 되는 사람 중 한 명이 될 것이다.

몸을 갖고 산다는 것

거울 앞에서 몸을 볼 때면,
혹은 쇼핑센터의 유리문에 비친 낯선 나를 볼 때마다
나는 알고 싶다. 저 여자는 왜 저렇게 걷게 되었을까?
어쩌다 저렇게 러시아 군인같이 서는 법을 배우게 되었을까?
나는 나를 가지고 무엇을 하려 하는 것일까?
몸이 있고 시간이 있다.
그리고 끊임없이 떠드는 마음의 목소리가 있다.
그것밖엔 모르겠다. 그걸 어떻게 써야 하는지,
그것들을 가지고 무얼 해야 하는지는 배운 적 없다.

나는 운동 반대 운동가다. 오랜 시간 피트니스 강사로 일했고, 요가 마스터 자격증을 갖고 세계 각국을 돌아다니며 사람들을 가르쳤고, 태극권·필라테스·재즈댄스·발레에 이르기까지 몸을 움직여 하는 것이면 무엇이든 열심히 뛰어들었던 사람으로선 굉장히 엉뚱한 결말인지도 모르겠다. 하지만 내 인생의 큰 그림을 놓고 보면, 어쩌면 원점으로 돌아온 느낌도 든다.

어린 시절, 나는 한 번도 운동에 소질을 보인 적이 없었다. 아니, 땀 흘리고 숨을 헐떡이는 것 자체에 흥미가 없었다. 어린아이들은 생긴 대로 산다. 나 아닌 무엇이 되려고 노력하지 않는다. 내가 좋아했던 활동은 대부분 머릿속에서 이루어졌다. 생각하고 상상하는 것, 보고, 듣는 것을 좋아했다. 나의 '이야기 수집가' 기질은 그때부터 시작된 것이다.

대체적으로 멍한 아이였다고 기억한다. 뭘 특별히 잘하지도 못했고 모든 엄마들이 한 번씩은 경험한다는, '내 아이가 천재가 아닐까?' 싶은 순간을 엄마에게 선사해주지도 못했다. 또릿또릿하게 '나'를 느끼고 표현하기엔 내 마음을 빼앗는 것들이 너무나 많았다. 배를 깔고 누워 아빠가 보는 잡지의 사진들을 보고 상상으로 그 사진 속 풍경들을 여행하는 것만으로도 나의 하루는 모험으로 가득 찼다.

멍하니 바라보기, 넋을 잃고 빨려들기. 내가 할 줄 알고, 하고 싶어 하는 것은 그게 다였다. 세상은 색채와 모양과 소리와 이야기로 요란하게 터져 나갈 듯했다. 그 안에서 사람들이 몸을 움직여 지어내는 감정의 모양들이 내겐 커다란 그림책이었다.

아파트 놀이터에 가서도 나는 세상의 모양에 마음을 빼앗긴 나머지 노는 것을 잊었다. 다른 아이들이 시소를 타다가 엉덩방아를 찧고 울음을 터뜨리는 모습을, 그 아이의 엄마가 손수건을 들고 파란 슬리퍼에 빨간 페디큐어를 바른 발로 허겁지겁 달려오는 모습을 나는 멍하니 보고 있다가 내 몸 어딘가에 담았다.

'나'를 뺀 세상의 모든 것이 내 그릇에 담겼다. 그걸 바라보던 내 모습만 빼곤 모든 것을 세세히 기억한다. 나무의 모양, 빌딩 유리창에 비친 거리의 모습, 공처럼 뛰어오르는 강아지가 퍼뜨리는 즐거움의 파장, 할머니가 아무렇게나 두른 스카프가 펄럭이며 주름 가득한 얼굴을 액자에 든 그림처럼 바꿔놓는 모습, 미소 짓는 곰 같은 얼굴을 한 미니트럭, 젊은 엄마가 몸을 숙여 유모차 안의 아기를 어르며 만들어내는 말할 수 없이 다정한 알파벳 D의 모양….

살아 있는 모든 것들이 움직이며 모양을 만들어냈고 나

는 그 모양들 속에서 길을 잃었다. 그 장면들 속의 내가 어떤 모양을 하고 있었는지는 바라본 기억이 없다. 그때 누군가 나를 보았다면 아마 자신도 무대에 서 있다는 사실을 잊은 채 다른 배우들과 무대장치를 구경하느라고 넋이 빠져버린 덜 떨어진 엑스트라처럼 보였을 것이다.

그러다가 아이는 글을 읽게 되었고, 그림 없는 책을 발견했고, 경악했다. 세상이 그 안에 반듯반듯하게 인쇄되어 나란히 누워 있었다. 통조림 안의 정어리처럼. 더 이상 세상을 만나기 위해 놀이터의 흙먼지 속으로도, 차가 다니는 위험한 큰길로도 나갈 필요가 없었다. 책 속에 묻혀 있으면 언제나 등 뒤에서 누군가가 말했다.

"조금 떨어져서 읽으렴. 아예 책 속으로 들어가지 그러니?"

할 수만 있다면 나도 그러고 싶었다. 그래서 더욱 몸을 동그랗게 웅크리고 책에 이마를 맞댄 채 읽었다. 언제라도 책으로 통하는 마법의 문이 열리면 그 순간을 놓치지 않고 당장 굴러들어 갈 수 있도록.

생각중독자가 자라서 생각노동자가 되다

책만 읽던 바보는 학교에 가게 되었고 하루 종일 책상에 앉아 있는 것이 하나도 고통스럽지 않았다. 매학기 독서왕으로 뽑히던 아이는 대학에 가면서 아르바이트로 용돈을 벌게 되자 영화에 빠져들었다. 영화는 또 다른 차원의 축제였다. 이야기 속에 색, 맛, 향까지 담고 있었다. 베르나르도 베르톨루치와 우디 앨런을 발견하던 날은 잠을 이룰 수가 없었다. 내 안의 우주가 팽창해버린 느낌이었다. 몸의 경계가 느껴지지 않았다. 빛을 저렇게 쓸 수 있다니, 색채와 음악을 겹쳐서 저렇게 마음의 모양을 그려낼 수 있다니, 폭포수처럼 말을 쏟아내면서도 아무런 말도 하지 않을 수 있다니, 저런 순간에 저런 식으로 앉을 수 있다니! '깊이는 없지만 유쾌한 대화'라는 걸 나눌 때 우리가 어떤 식으로 표정 짓고 손짓하는지도 영화 속에서 배웠다. 마음에 드는 영화가 있으면 그 영화를 수십 번 보기 위해 강의도 거르고 끼니도 거르고 그달치 수입을 모두 털어 넣었다. 현실의 빛이 들지 않는 영화관 안에서 나는 버섯처럼 행복했다.

색채와 영상, 말의 주문에 걸려든 날벌레처럼 대학 4년을 보낸 나는 당연한 수순처럼 광고판에 뛰어들었다. 15초의 상자 안에 내가 가진 모든 것을 쏟아붓는 작업이었다. 새로운 것, 강렬한 것, 더 새로운 것, 더 강렬한 것…. 사람들은 나의 뇌가 오렌지처럼 매일 신선한 주스를 짜내길 원했다. 한 방에 더 확 끌어당기는 말 없어? 꽉 카피 벌써 슬슬 감 떨어지는 거 아니야?

'나'를 낭비하는 버릇은 그때부터 시작되었다. '나' 또한 고갈되는 자원이라는 것을 알지 못했다. 석유처럼, 물처럼, 낭비는 험악하고도 무분별하게 이루어졌다. 몇 날 며칠이고 밤새 휘발유 같은 인스턴트커피를 들이부으며 뇌를 태웠다. 그러고도 괜찮은 아이디어가 나오지 않을 땐 그 위로 독한 술을 부었다. 그 방법은 어쩌다 가끔 효과가 있었기 때문에 나는 그만둘 생각을 하지 못했다. 항상 잘해주는 연인보다 어쩌다 한 번씩 잘해주는 연인에게 더 매달리게 되는 인간의 어리석은 심리는 여기서도 통했다. 일단 험하게 쓰기 시작한 물건은 아까운 줄 모르듯이 나의 자기낭비는 가속도가 붙었다.

게다가 나에겐 사람을 잃고 싶지 않다는 강박이 있었다. 사람들이 날 좋은 사람으로 기억해주고 좋아해주는 것이 그때의 내겐 너무나 중요했다. 그 많던 친구들을 하나라도 놓칠세라 나는 몸을 던졌다. 선배, 후배, 광고업계에서 알게 된 사람들, 교수님, 친구의 친구, 스님, 신부님…. 누군가가 만나자고 연락이 왔을 때 거절해본 기억이 없다. 어떻게 든 시간을 냈고 그 사람과 함께 있는 시간엔 오로지 그를 기쁘게 하기 위해 어릿광대처럼 굴었다. '나'는 아무래도 좋았다. 그의 기분을 맞추려고 내가 가진 에너지의 밑바닥까지 꺼내주었다.

누군가가 외로워 보이면 아무리 피곤하고 해야 할 일이 쌓여 있는 날에도 그가 원할 때까지 곁에 있어주었다. 일이야 또 밤을 새워 하면 될 일이었다. 그때 누구라도 "그렇게 너를 함부로 써선 안 돼. 왜 아끼고, 보살피고, 잘 담아두지 않니?"라고 말해주었더라면 많은 것이 달라졌을 것이다. 하지만 나의 자기낭비는 오히려 칭찬받았고, 후배들은 닮고 싶어 하기까지 했다. 나는 사회생활 잘하고, 인간관계 좋고, 일 열심히 하는 사람이었다.

'나'를 펑펑 쓰던 자의 말로

그렇게 써댔으니 고갈은 어김없이 찾아왔다. 1999년이었다.

'번아웃 증후군'이라는 말도 나오기 전이었지만 나는 텅 빈 내 우물의 바닥을 보았다. 더 이상 그런 식으로 살 순 없었다. 그때 나는 태어나서 처음으로 '나'의 위치를 바꾸기로 결심했다. 머리에서 가슴으로 내려오자, 생각이 가기 전에 몸으로 뛰어들자. 놀고, 춤추고, 떠돌자.

세상을 몸으로 누리기로 결심한 나는 먹고사는 방식부터 바꾸어야 했다. 그때까지 내가 가진 이력으로는 회의실과 컴퓨터와 책상 앞을 떠날 수가 없었다. 나는 너무나 '머리적' 인간이었다. '몸적' 인간으로 거듭날 필요가 있었다. 그래서 피트니스 강사 자격증을 땄고, 요가 강사 자격증에 그러는 틈틈이 스포츠 마사지, 타이 마사지, 태극권 강사 코스까지 마쳤다. 그리고 그때부터 몸의 낭비가 시작되었다. 뇌를 혹사하던 버릇 그대로 나는 몸을 펑펑 쓰며 지냈다.

신경질적으로 깡말랐던 몸에 갑자기 근육이 붙고 활동량이 기하급수적으로 늘어나자 내 몸은 혼란스러워했다. 게다가 난생 처음으로 사람들로부터 '몸'에 관한 칭찬을 듣기 시작했다. 그게 신기하고도 기뻐서 보이는 몸에 집착하다 보니 마음의 병도 덩달아 찾아왔다. 종일 의자에 앉아 머리만 쓰던 사람이 갑자기 풀타임으로 피트니스 강사 일을 하기 시작하니 가장 먼저 식욕중추가 고장 나버렸다. 어떨 땐 미친듯이 배가 고프다가도 어떨 땐 물 한 모금도 넘길 수가 없었다. 바디컴뱃(복싱 자세를 기본으로 한 에어로빅 프로그램) 수업을 시작하기 직전에 무언가에 홀린 듯 빵과 비스킷을 정신없이 씹어 삼키고는 몸이 너무 무거워 화장실에서 모두 토해내고 나서 벌겋게 충혈된 눈으로 수업에 들어가기 일쑤였다.

그 증상을 제일 먼저 눈치채준 사람은 클럽메드에서 일하던 시절, 쇼를 담당하던 안무가였다. 그녀는 바비인형 같은 몸을 가진 프랑스인이었다. 어느 날, 내게 춤을 가르치다 말고 그녀가 말했다.

"너, 먹고 토하는구나?"

나는 깜짝 놀랐다.

"어떻게 알았어?"

"보면 알지. 침샘이 부어서 양 뺨이 다람쥐 같아. 나도 열두 살 때부터 한 10년 토해봐서 잘 알아. 그래도 넌 아직 치아는 삭지 않은 걸 보니 다행이다. 제발 당장 고쳐, 나처럼 되기 전에."

그녀는 자신의 아랫입술을 벌려 검게 삭아 내려간 치아 사이사이를 보여주었다. 그 순간부터 지금까지 난 프렌치 패러독스, 혹은 '프랑스 여자는 살찌지 않는다.'는 말을 믿지 않는다. 그건 모두 헛소문이었다. 프랑스 여자는 살찌는 것을 치아가 삭아내려가는 것보다 더 두려워하고 있을 뿐이었다. 그녀는 내게 의사와의 상담을 권했다.

"혼자서 고치기는 너무 힘들어. 제발 전문가를 찾아가

서 할 이야기를 하고, 들어야 할 이야기를 듣고 와. 그걸 하얀 가운 입은 사람 입으로 듣는 게 중요해."

나는 그녀의 말을 따랐다. 그리고 며칠 뒤 내 앞에 앉은 '하얀 가운 입은 사람'은 퉁명스럽고 성의가 없었다. 내 이야기를 끝까지 듣지도 않고 중간에 자르더니 손에 든 볼펜을 까닥까닥 흔들며 지루한 표정으로 말했다.

"폭식증이네요. 거식증과 폭식증이 번갈아 일어나는 건 젊은 여성들 사이에서 흔한 증상이죠."

흔하니까 대수롭지 않다는 뜻일까? 별 걸 가지고 난리를 떤다고 꾸지람을 들은 것처럼 나는 머쓱해졌다. 아무리 흔해도 그게 내 일이 되면 엄청나게 특별하고 예외적인 케이스가 된다는 걸 그녀는 모르는 걸까?

"좋아요. 다음에 다시 먹고 토하고 싶은 생각이 들거든 얼마든지 그렇게 하세요. 다만 한 가지, 그 전에 저에게 전화를 해서 알려준 다음 폭식에 들어가시면 됩니다. 제가 환자 데이터를 낼 수 있게요."

나는 그렇게 했다. 그녀에게 전화를 걸어 지금 더 이상 충동을 자제할 수가 없노라고, 아무래도 내 앞에 있는 것들을 모두 먹어치운 뒤 되도록 빨리 게워내야겠다고 보고했다. 전화기 너머의 그녀가 조용히 고개를 끄덕이는 것이 느껴졌다. 은갈색 머리카락이 덮인 조그만 머리가 천천히 까닥까닥. 그녀는 날짜와 시간을 메모하는 것 같았다.

"7월 15일 오후 3시 10분 시작···. 먹고 나서 토하실 건 가요?"

"네."

"그럼 그때 다시 전화로 알려주세요."

"그럴게요."

그리고 두말없이 전화는 끊겼다.

그러고 나서 나는 늘 내가 하던 의식을 거행했다. 크림 빵을 5개 먹고, 사이사이에 아이스크림을 커다란 숟가락으로 떠넣고(이렇게 하면 나중에 토하기가 훨씬 수월했다), 전쟁터로 떠나는 소년병처럼 칼로리가 높을 만한 것은 모조리 입안에 쓸어 넣는다. 그러고는 수치심과 터질 듯한 위가 주는 괴로움에 몸을 잔뜩 웅크린 채 화장실로 가 요란한 소리를 내며 게워낸다. 콧물과 눈물이 함께 범벅이 되어 변기 안으로 쏟아진다. 얼굴이 빨갛게 상기되고 눈과 코가 퉁퉁 붓고 상처 받은 위가 목구멍까지 올라붙는다.

변기의 물을 내리고 겨우 수돗물로 입안을 헹구고 나면 나의 역할은 끝난다. 타일이 깔린 욕실 바닥에 주저앉아 절망이 주는 카타르시스를 기다린다. 그 탈진의 느낌, 영혼까지 게워낸 듯한 텅 빈 허무. 신경이 너덜너덜해질 정도로 경련을 일으키며 모든 체액을 쏟고 난 뒤의 기묘한 쾌감. 그

찰나의 느낌은 위험하고 폭력적인 비밀 애인과 같았다. 그가 언젠간 내 삶을 파괴할 것을 안다. 하지만 끊을 수 없다.

그런데 그날은 달랐다. 의사에게 보고를 한 뒤 만난 그 애인은 더 이상 짜릿하지 않았다. 우리만의 비밀의 영역에 제3자를 들이고, 그 관계를 객관화하고 나니 그가 지금껏 내게 주었던 신비로움이 말끔히 사라져버렸다. 그리고 그제야 내 오래된 애인의 한심한 면모가 눈에 들어왔다. 그 여의사의 사무적인 목소리가 듣고 싶었다. 나는 약속대로 다시 전화를 걸었다.

"조금 전에 다 토해냈어요."

"오후 3시 50분. 총 40분이 걸렸군요. 지금 기분이 어떠세요?"

"죽을 것 같아요."

"뭐, 다들 그렇게 말하니까 신경 쓸 것 없어요. 죽지 않습니다. 다음번에도 똑같이 시작하기 전에 저에게 전화하시면 돼요."

전화는 또 그렇게 끊겼고 이상하게도 나는 안도감을 느꼈다. 그 뒤로 나는 그 위험한 관계를 다시 갈망한 적이 없다.

만약 당신이 폭식증 초기에 있다면 당신과 음식 사이에 제3자를 끌어 들일 것을 권한다. 전문가도 좋고, 친구도 좋고, 가족도 좋다. 음식을 끌어안고 문을 잠그지 마라. 늘 누군가가 보는 앞에서 만나면 그 애인은 폭력을 휘두르지 않을 것이다.

Chap. 02

나는 당신을
책처럼 읽을 수 있다

기억해야 할 것은 몸은 유리공이라는 사실이다.
아무렇게나 던져버리고 무심코 놓쳐버리면 깨진다.
그 순간에 당장 쨍그랑 하며 깨지진 않을지 몰라도
반드시 어딘가에 실금이 간다.
그렇게 몸을 던지는 것이 버릇이 되면
자잘한 실금들이 쌓어 어느 순간 균열이 생기고
그때부턴 걷잡을 수 없이 깨어지고 부서지며
떨어져 나가게 된다.

그렇게 10년 넘게 피트니스 강사, 요가 강사, 스트레칭을 통한 자세교정 전문가로 사람들에게 활기차게 몸을 움직이고 근육을 늘이는 법을 가르치는 시간 동안, 정작 내 몸과 마음에 긴장이 쌓여가고 있다는 사실을 나는 몰랐다.

운동과 스트레칭에 중독되어 단 한 번도 그 효과에 의문을 제기해본 적이 없었다. 그때 나는 젊었고, 에너지로 충만했고, 내 몸은 새로 산 물건처럼 웬만한 충격은 겉으로 드러나는 흔적 없이 견뎌냈기 때문에 나는 욕심을 부렸다. 무리를 하면서도 몸에 무리가 가는 걸 느끼지 못했다.

어딘가 뭉치는 느낌이 들면 그걸 풀기 위해 또 다른 운동을 했다. 그러다가 어느 날 나의 목과 어깨가 돌처럼 딱딱하게 굳어 있는 걸 느꼈다. 상태를 느끼고 나니 비로소 결리고 아프기 시작했다. 알고 있던 모든 스트레칭·호흡·명상·요가·마사지 테크닉들을 총동원해보았으나 효과는 잠시뿐, 통증은 번번이 다시 돌아왔다.

그걸 풀어보려고 노력할수록 결림은 점점 심해져 급기야 작은 목걸이도 하지 못하는 지경에 이르렀다. 목걸이는커녕 스카프 한 장도 목에 거는 순간 바윗덩이처럼 느껴졌다. 근육이 가득 잡힌 다리로 사람들에게 점프 스쿼트를 가르치고 있었지만 나는 건강하지 않았다. 겉으로 드러나는 근육 안쪽의 깊숙한 내 몸은 늘 피곤하다고, 뭔가가 틀어져 있다고 하소연하고 있었다.

　몸의 문제를 풀어보려고 몸으로 발버둥 치다 지친 어느 날, 나는 비로소 '생각'을 좀 해보기로 했다. 그리고 나의 '생각'이 문제였음을 알게 되었다. 운동을 시작하기 전까지 오랜 세월, 나는 '생각병자'였다. 생각이 너무 많아 몸을 움직일 여력이 없었다. 몸을 움직이기도 전에 수만 가지 생각과 검색결과와 정보들이 에너지를 다 빼앗아 가버려 탈진상태에서 또 다른 생각을 불러오다 보면 하루해가 갔고 한 해가 그렇게 흘렀다.

　그 생각감옥에서 벗어나기 위해서 10년 넘도록 몸에만 매달렸으나, 나는 그 생각의 버릇 그대로 몸을 쓰고 있었다. 더 많은 것을 해치우고 더 많이 움직이고 더 건강해 보이려고 정작 중요한 것을 놓치는 버릇 그대로. 그전까지 '나를 뺀 세상'을 보며 살아왔다면 그때부터는 '나를 보는 세상'을 살게 되었다고나 할까. 그런데 그건 더욱 피곤한 일이었다. '나'를 제외한 다른 모든 이들의 눈치를 보고 기분을 맞추며 살아가야 했으니까. 여전히 내 삶의 초점은 밖을 향해 있었고 깊숙한 나는 방치되었다.

　하지만 지금은 '세상을 보는 나'를 본다. 거의 스토커 수준이다. 자세 프로젝트가 나를 그렇게 만들었다. 이 프로젝트가 좋은 점은, 떨쳐 일어나 무언가를 하지 않아도 된다는 점이다. 나처럼 생각이 특기인 이들에게 적합하다. 상상으로 로마 제국을 세웠다 허무는 것쯤은 일도 아닌 사람이라면 더욱 좋다. 몸을 움직이기 전에 길고 긴 숙고의 시간이 필요한 타입이라면 완벽하다. 몸이 먼저 나가버리는 행동가들에겐 다른 방법을 권한다.

그런데 이 프로젝트엔 의외의 함정이 있었다. 시작하고 2주일도 채 지나기 전에 나는 뼈저린 후회에 빠졌다. 몸을 이야기하려면 내 삶을 모두 꺼내 이야기해야 했다. 내 기억의 가장 어둡고 깊숙한 다락방에 쌓아두었던 것들까지 전부 들춰내야만 내가 왜 이런 식으로 앉고, 서고, 걷는지가 설명되었다.

그 때문일까. 자세, 몸 혹은 움직임 분야의 전문가들은 하나같이 심리상담과 라이프 코칭을 겸하고 있었다. 마음과 감정을 이야기하지 않고선 몸을 이야기할 방법이 없기 때문이다. 몸과 마음, 그 둘이 합쳐져야만 '나'가 시작되는 것이니까.

"자세를 이해하기 위해서는 심리학을 공부해야 해요. 몸을 움직이는 방식은 자아가 형성되는 시기에 결정되니까요. 태어나던 순간부터 어떤 식으로 돌봄을 받았는지, 가족들이 우리를 어떻게 생각하고 대했는지, 친구들로부터 어떤 취급을 받았는지가 고스란히 움직임 속에 배어나오거든요. 그래서 소아 심리학 전문가들은 항상 아이가 움직이는 방식에 주목하죠. 심리장애는 행동장애와 쌍둥이처럼 함께 태어나요."

자세코치 올리비아는 이렇게 말한다. 자세는 우리가 스스로와 세상을 대하는 태도이자, 몸으로 표현되어 나오는 가치관이다.

몸을 갖고 산다는 것

인간을 사회적 동물이라고 부르는 이유는, 우리가 서로의 몸을 읽을 수 있기 때문이다. 굳이 포옹을 하거나 악수를 나누거나 인사를 건넬 필요도 없다. 상대방이 움직이는 모습motion을 보면 그 몸 안에 담긴 감정emotion을 함께 느낄 수 있다. 분석하고 연구해서 그렇게 되는 것이 아니라 그냥 자연스럽게 알게 된다.

그 몸의 마음은 아직까지도 불가해한 영역이라서 '나도 모르게' 일어나는 많은 일들을 우리 삶 속에 선사한다. 그래서 나의 이상형과는 정반대되는 사람에게 마음을 빼앗겨버리기도 하고, 쓸모없을 게 뻔한 물건을 사버리기도 하고, 생전 처음 보는 이에게 비밀을 털어놓아버리기도 한다. 다 몸이 시킨 일들이다. 몸은 몸에게 말을 걸고, 몸은 몸으로 그 말을 알아듣는다. 그래서 편안하고 균형 잡힌 움직임을 보면 그 안락한 파장을 느껴 좋은 기분이 든다. 뼈와 근육의 기분이 좋아지는 것이다.

　사람의 몸만큼 우리의 마음을 잡아끄는 것은 없다. 그래서 그 몸이 움직이기 시작하면 우리는 바라보지 않고는 견디지 못한다. 사람이 몸을 움직이면 이야기가 풍겨 나오는데, 그것은 빵 굽는 냄새나 카레 냄새처럼 즉각 우리의 센서 안으로 파고든다. 생각하거나 선택할 수 있는 문제가 아니다.

　'누군가와 사랑에 빠지는 것은, 실은 그 사람의 냄새에 끌리는 것이다.'라는 학설이 있다. 흔히 페로몬이라고 부르는 미묘한 체취가 자신의 DNA 정보를 풍기고, 그에 어울리는 DNA를 가진 짝을 본능적으로 끌어들인다는 이론이다. 사향노루처럼. 하지만 동물의 세계에서 가장 형편없는 후각을 가진 존재라는 점을 감안할 때, 우리는 움직임에 더욱 적극적으로 이끌리는 존재가 아닐까? 우리는 몸 느낌에 낚인다. 무심하게 흰 셔츠를 걸어 입는 팔목의 파르란 힘줄이, 한 손에 커피컵을 들고, 다른 한 손에 토트백을 들고 능숙하게 등으로 유리 회전문을 밀고 나가는 모습이, 쪼그리고 앉아 강아지와 놀아주는 모습이 우리 몸속 어딘가의 스위치를 켜고, 마음은 전자동으로 울컥 하면서 사랑에 빠져버린다. 그 사람이 그 움직임을 해내는 방식에서 페로몬을 느낀달까. 그리고 일단 그렇게 페로몬을 느낀 상대에게서는 어떤 냄새가 나건 반할 수밖에 없는 운명적인 후각도 겸비한 포유류가 당신과 나다.

우리가 유명한 피아니스트의 공연을 보러가는 이유도, 오케스트라의 연주회 티켓을 사는 이유도 단 한 가지다. 그 음악이 흘러나오는 사람의 몸을 보고 싶은 것이다. 집에서 편안히 앉아 잡음 없이 완벽하게 녹음된 CD로 들을 수 있는데, 왜 군이 수고롭게 콘서트장까지 갈까? 몸으로 듣고 싶은 갈망이 우릴 콘서트장으로 데려간다.

몸은 몸끼리 소통한다. 어떤 움직임을 타고 나온 선율인지를 보는 순간 음악은 우리의 뼈와 근육을 건드린다. 피아니스트는 앉아서 건반을 두드릴 뿐이고 오케스트라 단원들이 연주하는 모습도 음반 표지사진과 크게 다르지 않다. 그들이 노래를 부르는 것도, 일어서서 캉캉춤을 추는 것도 아닌데 그 경험은 스펙터클하다. 라이브로 피아노를 치는 그의 팔목을, 땀에 젖은 이마 위에 달라붙은 몇 가닥의 머리카락을, 무심한 듯 왼쪽으로 기우는 그의 목덜미를, 검은 연미복에 감싸인 등이 클라이맥스로 치달아 가면서 팽팽히 긴장하는 것을 보고 나서야 우린 그를 뼛속 깊이 좋아하게 된다. 진정한 의미의 팬이 되는 것이다. 연주하는 이의 몸의 몰입을 보는 것은, 듣는 이의 몸에도 똑같은 몰입을 선사한다.

나는 사람의 얼굴이나 이름을 외우는 데 서투르다. 그 대신 누가
어떤 식으로 움직이는지는 사진으로 찍은 것처럼 선명히 기억할
수 있다. 그래서 이야기 중에 누군가가 "그 사람 이름이 뭔데?" 혹
은 "어떻게 생겼는데?"라고 물을 때면 나는 말로 설명하는 대신
그 사람의 독특한 몸버릇을 흉내 낸다. "그, 왜, 이렇게 겅중겅중
널뛰듯이 걷는 사람 있잖아." 아니면 "이렇게 등을 말고 다람쥐처
럼 밥 먹는 사람 말이야." 그러면 상대방은 어김없이 그 사람이 누
군지 알아차린다. 단 한 번의 예외도 없이.

　사람은 사람의 움직임에 무관심할 수가 없다. 인식을 하든
못하든 우리는 다른 이들의 몸이 짓는 표정을 읽으며 살아가고
있다. 우리는 서로의 몸 쓰는 방식을 알아보고 기억한다. 복도에
울리는 발자국 소리만 듣고도 다가오는 사람이 아버지인지, 택배
기사인지 우리는 알 수 있다. 부엌에서 움직이는 기척만으로도
여동생인지, 어머니인지 알 수 있는 것처럼.

누군가를 기억한다는 것은 그 사람만의 독특한 에너지, 리듬, 공간을 차지하는 방식을 기억한다는 뜻이기 때문이다. 에너지와 리듬이 잘 맞는 이와는 친구가 되고 싶어 하고, 공간을 차지하는 방식이 마음에 드는 이와는 사랑에 빠지고 싶어 한다. 우리는 그런 식으로 관계를 맺어왔고 편을 갈라왔다. 몸을 갖고 산다는 건 그런 뜻이다.

Chap. 03

일단, '집에서 입는 옷'을
치워버리고

산다는 건 좋은 거고 인생은 아름답다.
하지만 몸을 갖고 산다는 것은 또 다른 문제다.
몸이 개입하는 순간 판타지는 리얼리티가 된다.
여행사 홍보용 비디오가 주는 판타지를 기대하며 우리는 떠나지만
막상 도착한 그곳에서 우리는 그 비디오와는 전혀 다른 경험을 한다.
홍보용 비디오에는 '몸' 부분이 빠져 있기 때문이다.
오랜 비행으로 구깃구깃해지고 남루한 차림새가,
'어디든 좀 눕자'고 보채는 등과 목과 허리가,
피부에 훅 끼치는 덥고 끈적이는 공기가,
갑자기 화장실에 가야겠다고 선언하는 뱃속이,
자꾸 걸리적거리는 슬리퍼끈이 빠져 있는 것이다.

평소에, 그러니까 사진을 찍을 때나, 데이트할 때나, 거울 앞에 서 있을 때나, 면접을 볼 때나, 헬스장에서 운동을 할 때를 제외하고, 몸을 어떻게 두는지를 보면, 당신 성격의 많은 부분이 설명된다. 행복을 느끼는 데 익숙지 않은 몸은 '행복한 느낌'을 오래 담아두지 못한다. 모험을 통과해본 적 없는 몸은 상황이 조금이라도 새로워 보이면 알아서 피해간다.

나이가 들수록 우리의 몸, 마음 시스템은 완고해진다. 익숙지 못한 감정이 들어오면 일단 '이물질'로 취급한다. 스치듯이 잠깐 느끼고는 하이힐을 벗듯 얼른 벗어버린다. 그리고 늘 신고 있던 낡은 슬리퍼로 돌아온다. 우울이 편안한 몸은 우울 속으로, 불안이 습관이 된 몸은 불안 속으로, 짜증으로 단련된 몸은 짜증 속으로.

그래서 평소에 지내는 방식이 중요하다.

프랑스 여성들 사이에서 '우아함의 구루'로 불리는 마담 쉬크가 거듭 강조하는 것도 그 평소 모습에 관한 부분이다. 그녀는 집에 혼자 있을 때의 모습이 가장 아름다워야 한다고 말한다.

"내겐 '집에서 입는 옷'이란 게 없어요. 백화점에서 쇼핑을 하거나, 극장에 가거나, 커피숍에서 커피를 마시며 웨이터와 잡담을 나누기 위해 입은 옷 그대로 집에서도 생활하죠. 옷은 자세이고 기분이니까요. 그렇게 지내는 것이 습관이 되면 우아함이 편안해져요. 허리에 리본을 묶는 원피스가 편한 옷이 되죠. 제발 집에 들어서는 순간 목 늘어난 티셔츠와 고무줄 바지로 갈아입지 마세요!"

목 늘어난 티셔츠와 고무줄 바지로 갈아입는 순간, 우리의 몸도 목 늘어난 티셔츠와 고무줄 바지가 된다.

좋아. 나는 당장 실천하기로 한다. 내가 집에서 입는 옷들을 모두 꺼내 재활용 봉투에 담았다. 최대한 함부로, 내팽개치듯 담았다. 잘 개어서 박스에 담아둘 수도 있었지만 그러면 다시 꺼내 입고 싶은 욕구가 너무 강해질 것 같았다. 차마 버리진 못했다. 그 옷들 안에서 뒹굴던 게으르고 안락한 시간들에 대한 미련이 너무나 강렬했기 때문에.

내 모습을 누구에게도(이웃 사람, 편의점 주인은 물론 나 스스로에게조차) 들킬 염려가 없는 곳에서만 입을 수 있는, 그래서 입는 순간 '집에 왔다.'고 느끼게 해주었던 그 낡고 헐렁한 껍질들을 어떻게 매몰차게 대한단 말인가. 일단 그 옷 속에 들어가고 나면 몸은 내 손을 떠났다. 그 옷 속에 숨어서 TV를 보고 이메일을 체크하고 누워서 책을 읽고 간식을 먹는 동안 내가 어떤 모습인지는 오로지 신만이 아신다. 그 모습을 사진 찍어본 적도, 거울에 굳이 비춰본 적도 없다. '몸을 가꾸고 돌보는 나'는 퇴근시켜버렸으니까. 옷을 쑤셔 담은 그 봉투를 보일러가 있는 먼지투성이 구석에 처박고 그걸 버릴 용기가 날 때까지 기다리기로 했다.

첫날은 청바지와 흰 셔츠로 시작했다. 그다지 특별한 일이 있는 날은 아니었다. 도서관에 들러 지난주에 빌린 책을 반납하고 친구를 만나 커피를 마신 뒤 간단한 반찬거리와 과일을 사서 집에 돌아왔다. 문을 열고 들어서자마자 손에 들고 있던 것들을 모두 싱크대 위에 던진 뒤 습관적으로 청바지 단추를 끄르다가 내겐 더 이상 집에서 갈아입을 옷이 없다는 사실이 기억났다. 청바지 단추를 다시 잠그던 그 순간을 잊지 못할 것이다. 숨을 들이마시며 배를 집어넣고 엉덩이에 힘을 주어 막 퇴근하려던 나의 한 부분을 다시 불러 세웠다.

"돌아와."

그리고 내 자세 프로젝트의 첫 단추를 채웠다.

몸을 떠나지 않는 것이 그 첫걸음이었다. 내가 몸을 떠나는 순간 버릇이, 습관이 몸을 떠맡는다. 그리고 우리의 몸은 주인이 살지 않는 집처럼 황폐해진다. 그 안에 머물면서 돌보아야 한다. 우리가 그 안에 머물고 있다는 사실을 몸이 알게 하는 가장 좋은 방법은 자잘한 움직임들에 신경을 쓰는 것이다. 먼지 쌓인 구석이 없도록 불필요한 몸습관들을 털어내는 것이다. 그동안 나는 집을 너무 자주 비웠다. 이제 머물면서 하나하나 돌보기로 한다.

자세 프로젝트는 그렇게 시작되었다.

2016년 5월 7일부터 2017년 5월 7일까지. 나는 내 인생의 1년을 투자하기로 마음먹었다. 몸의 틀을 바로 잡는데 나 스스로에게 365일의 시간을 주기로 했다. 앞으로 1년 동안 내 최고의 관심사는 나의 자세가 될 것이다. 철저히 몸 표정을 관리하며 1년을 보내면 내 몸이 어떻게 변할지 보고 싶었다. 밝고 환한 표정을 짓는 몸을 갖고 싶었다. 그런 몸을 갖고 산다는 건 어떤 느낌일지 경험해보기로 했다. 헨리 데이비드 소로우가 말하지 않았던가. "우리는 모두 조각가들이다. 매 순간 피와 살과 뼈를 가지고 스스로의 모습을 조각하고 있다."

그것은 은밀한 초대였다. 내가 몸으로 쓰고 있던 이야기들, 뼈에, 핏속에, 근육에, 피부에 밀어 넣어놓고 잊어버리고 있던 느낌들이 내게 보낸 초대장이었다.

"잠깐만, 뭔가를 잊고 사는 거 아니야? 이제 다시 찾을 때도 되지 않았어?"

이것은 그 1년간의 기록이다.

당신의 몸은 어떤 표정을 짓고 있나요?

아주 어릴 때부터 나는 사람들을 보는 것이 좋았다. 그래서 종종 엄마에게 혼나곤 했다. "사람을 그렇게 빤히 바라보면 못써." 하지만 그 버릇은 쉽게 고쳐지지가 않아서 나는 아직도 본능적으로 사람들을 본다. 얼굴이나 옷이 아니라 움직임을, 아니, 그 사람이 몸을 움직여서 만들어내는 독특한 표정을 본다. 나는 그것을 '몸표정'이라고 부른다.

그 몸의 표정은 한번 기억해두면 좀처럼 잊히지 않는다. 얼굴의 표정은 맘만 먹으면 바꾸고, 꾸미고, 지어낼 수가 있지만 움직이는 방식을 바꾸는 이는 거의 없기 때문에 아무리 오랜만에, 생각지도 못했던 곳에서 만나더라도 몰라볼 수가 없다. 당신의 몸이 짓는 표정은 솔직하고 완고하다. 피부색처럼, 안짱다리처럼.

나이가 들면 얼굴에 '표정근'이라는 게 생긴다. 자주 짓는 표정에 따라 특정 얼굴근육이 발달하고 도드라져 아예 얼굴 생김새로 자리 잡는 것이다. 웃는 주름이 깊이 파인 얼굴, 미간의 찌푸림 선이 뚜렷한 얼굴, 근엄한 입꼬리가 수직으로 떨어진 얼굴…. 그래서 서른 중반을 넘어서면 얼굴만 보고도 그 사람의 성격을 짐작하는 게 한결 쉬워진다.

우리 몸에도 표정근이 있다. 몸이 습관적으로 움직이는

방식에 따라 접혀 들어가고, 굳어지고, 아예 잊혀져버린 부분들이 생기기 때문에 의도하건 의도하지 않건 우리 몸엔 표정이 자리 잡는다. 그리고 늘 앉던 대로 앉고 걷던 대로 걷게 된다. 얼굴과 몸이 갖는 공통점은 또 있다. 얼굴의 표정이 기분에서 나오듯이, 몸의 표정도 기분의 문제라는 점이다. 표정관리의 영역을 얼굴에서 몸으로 확장시키는 것이 자세관리다. 몸표정 관리.

몸은 '지금, 여기'의 풍경을 지배한다. 몸은 버릇없는 아이처럼 자신이 내키지 않으면 우릴 즐기게 내버려두지 않는다. 몸이 보채며 옷깃을 잡아끌면 우린 어디로도 가지 못한다.

Chap. 04

사라진
'목'을 찾아서

"세상의 모든 종교, 철학, 치유의 책들을
커다란 솥에 넣고 녹여 그 안에 든 내용들이
단 한 단어로 졸아들 때까지 끓이면 이 단어가 될 거예요.
릴랙스relax.
당신은 릴랙스를 경험해본 적이 없어요.
당신의 몸이 그렇게 말하고 있어요."

그녀는 나를 커다란 거울 앞으로 데려갔다.

"잠시 동안만 눈을 가릴 텐데, 괜찮겠어요?"

내가 고개를 끄덕이자 그녀는 검은 헝겊으로 된 눈가리개를 내게 씌웠다.

"벽에 옆모습이 비치도록 반만 돌아서서 당신이 취할 수 있는 가장 바른 자세를 취해보세요."

그녀의 목소리가 시키는 대로 나는 오른쪽으로 돌아선 뒤, 척추를 쭉 펴고 어깨를 젖히고 목을 길게 늘이고 배꼽을 등뼈 쪽으로 최선을 다해 끌어당긴 뒤 엄지발가락에 힘을 주어 단단히 버티고 섰다. 이런 거라면 자신 있었다. 명색이 피트니스 강사에 요가 선생들을 가르치던 요가 선생 아닌가. 하지만 그녀가 눈가리개를 풀었을 때 거울 속에 비친 내 모습은 충격적일 만큼 우스꽝스러웠다.

탐스런 개미굴을 발견하고 막 혀를 뽑아내려는 개미핥기 같았다. 목은 보기 싫은 각도로 쭉 앞으로 내밀어져 있었고 그 목을 지탱하느라고 어깨는 우람한 승모근을 거느린 채 불끈 솟아 있었으며 그 와중에 척추를 세워야 한다는 긴장감에 갈비뼈가 평소의 2배 정도로 부풀어 올라 링 위에 선 레슬링 선수를 방불케 했다.

그중에서도 가장 날 충격에 빠뜨렸던 것은 치켜든 턱이었다. 그 턱은 부자연스러움의 극치였으며 내 몸이 드러내고 있던 그 모든 촌스러움 위에 화룡점정을 찍고 있었다. 내가 지금껏 갈고 닦았던 요가와 피트니스의 결정체가 저 개미핥기였단 말인가!

나의 좌절을 눈치챘는지 그녀가 날 거울 앞에서 끌어내어 자리에 앉혔다. 그러고 나서 그녀가 내게 건넨 첫 마디는 이랬다.

"몸을 다시 세워야겠어요."

단어 하나하나가 망치처럼 날 강타했다. 몸을. 다시. 세워야겠어요.

뭐라고? 태어나던 순간부터 44년 동안 나는 단 한 순간도 내 몸을 떠난 적이 없었다. 떠나지 않았을 뿐만 아니라 집착증 있는 애인처럼 나는 늘 내 생각을 하고 있었다. 살피고, 감시하고, 비교하고, 틈날 때마다 어딘가에 비춰보았기 때문에 '나'는, 그러니까 '내 모습'은 내게 있어 세상에서 가장 익숙한 풍경이어야 했다. 그런데 이토록 낯설다니, 길 가다 마주쳤다면 몰라볼 뻔했다.

그녀의 방식은 친절한 것과는 거리가 멀었다. 원래 그런 거라고, 내 자세가 특별히 잘못된 게 아니라 운동을 많이 해서 특정 근육이 발달했을 뿐이라고 일단 날 안심시키고 시작할 줄 알았다. 하지만 그건 어림없는 기대였다. 그녀는 벽돌처럼 딱딱한 진실만을 이야기하는 사람이었다.

"자세가 형편없어요. 몸라인이 죄다 어긋나 있네요. 아예 처음부터 다시 시작하는 수밖에 없겠어요."

그녀는 정말로 큰 숙제를 떠안은 표정으로 팔짱을 꼈다. '어쩌다가 몸을 이 지경으로 만들었을까, 쯧쯔….'라고 그녀의 온몸이 말하고 있었다. 나는 혼란에 빠졌다. '몸'은 나의 관심 분야였고 전문 분야였다. 몸에 바탕을 두고 있던 내 자존심이 뿌리째 흔들리니 차라리 화가 났다. 몸을 다시 세우고 싶었다. 무엇이든 할 준비가 되어 있었다. 어릴 때부터 열심히 하는 것엔 익숙한 나였다. 땀 흘리고, 반복하고, 될 때까지 견뎌서 몸을 다시 세우리라! 나는 벌떡 일어섰다.

"당장 시작할게요. 뭐부터 할까요?"

뛰어들 듯이 덤비는 내게 그녀는 깔끔하게 찬물을 끼얹었다.

"하지 마세요."

나는 부풀어 있던 갈비뼈가 쑥 꺼지는 것을 느꼈다. 내가 혹시 못 들었을까 봐 그녀는 다시 한 번 못을 박았다.

"지금처럼 덤비지만 않으면 돼요."

'안 하기'를 해보라고 그녀는 권하고 있었다. 담배를 끊듯이 내 몸습관을 끊으라고. 그리고 그것은 '하기'보다 10배는 더 힘든 일이었다.

"지금껏 그런 식으로 몸을 써왔잖아요."

그녀는 내가 엉터리 지도를 들고 여행하는 사람과 같다고 했다. 어디서부터가 머리인지, 어디서부터가 팔인지, 다리가 어디서 시작되는지, 등을 굽히는 것인지 허리를 굽히는 것인지 모른 채 무작정 그 엉터리 지도에 그려진 대로 몸을 쓰고 있다는 것이었다. 그 지도란 물론 내가 생각하는 나였다. 아니, 44년에 걸쳐 내가 그린 나의 몸그림이었다. 그리고 그 그림은 엉터리로 판명이 났다.

"당신이 머리라고 생각하는 곳은 사실 목이에요. 머리는 훨씬 위쪽에 있죠. 당신이 갖고 있는 지도엔 어깨가 귀바로 옆에 붙어 있어요. '목' 부분은 아예 없군요. 그러니까 그런 자세가 나오는 게 당연해요."

우리는 사라져버린 '목'을 찾는 것부터 시작하기로 했다. 그녀는 내게 '목'을 다시 찾기 위한 방법을 한 가지 가르쳐주었다.

"혀로 입천장을 한 번 건드려보세요. 그리고 혀를 뒤로 밀어서 입천장의 가장 높은 부분에 닿게 하세요."

나는 그녀가 시키는 대로 혀끝을 깊숙이 밀어 넣어 입

천장이 끝나는 부분에 닿게 했다.

"거기부터가 머리에요. 그 아래쪽은 목이구요. 자, 이제 눈을 감고 입천장의 가장 높은 부분을 혀로 건드리면서 거기서부터 시작되는 머리를 느껴보세요. 눈앞에 그릴 수 있다면 더욱 좋아요."

한순간에 키가 10cm는 쑤욱 자라는 것 같았다. 물속에 눌러놓았던 고무공처럼 머리가 솟아오르는 게 느껴졌다. 아, 그 느낌을 어떻게 표현해야 할까! 사랑하면 알게 되고, 알게 되면 보이나니, 그때 보이는 것은 전과 같지 않으리라는 명언이, 새로 돋아난 목과 함께 떠올랐다. 내가 알아채고 느끼지 않으면 있어도 없는 것이었다.

"혀로 두개골을 밀어올린다고 상상해보세요. 머리를 가볍게 느낄수록 좋아요. 풍선놀이를 할 때 풍선이 가라앉을 때마다 손끝으로 톡 쳐서 위로 올리잖아요? 그런 느낌이에요. 머리가 무겁고 가라앉는다고 느낄 때마다 혀끝으로 톡 쳐서 올립니다. 높이 올릴 필요도 없어요. 딱 한 뼘 정도만 둥실 떠오르도록 자극을 주면 돼요."

가까스로 되찾은 목은 그 뒤로도 숨바꼭질을 하는 것처럼 내가 눈을 돌리는 족족 사라져버렸다. 습관은 끈질기게 돌아와 내 인내심을 시험했다.

그 아침에도 기차역을 향해 황망히 걸어가는 동안 나는 내 안에 없었다. 내가 딴생각을 하느라 몸에서 손을 놓는 동시에 목은 다시 사라져버렸다. 역 개찰구 유리에 비친 내 어깨는 어김없이 다시 귀 옆으로 올라와 있었고 이마가 발을 앞질러 물소처럼 돌진하고 있었다.

1950년대, 인간의 기질과 행동심리를 연구했던 마이어 프리드먼Meyer Friedman과 레이 로젠먼Ray Rosenman이 나 같은 유형의 인간을 'A타입'이라고 이름 붙인 바 있다. A타입 인간들의 가장 큰 특징은 시간이 없다는 점이다. 느긋함이 무엇인지 모른다. 걸을 땐 머리부터 들이밀고 돌진하며, 자주 발목을 접질리고, 해치우고, 먹어치우고, 다리를 떤다. 시간과 건강한 관계를 맺지 못한 A타입들은 실제로 건강하지 못하다. 몸은 항상 뒷전이기 때문이다. 마이어 프리드먼에 따르면 심장질환에 가장 큰 영향을 미치는 성격적 특성은 '시간에 쪼들리는 느낌'이라고 한다.

그런 느낌으로 지내는 A타입들은 지나친 경쟁심에 시달리고 불필요하게 서두른다. 되도록 짧은 시간 안에 되도록 많은 일들을 해치우기 위해 고군분투하다 보니 '안달'과 '조바심'이 제2의 천성으로 자리 잡는다. 그들에게 몸은 거치적거리는 어린아이 같은 존재다. 몸은 그들의 분주한 마음을 따라 과거로도, 미래로도 순간이동하지 못하고 언제나 지금, 여기에만 머물러 있기 때문이다. 그래서 A타입들은 몸을 학대한다. 질질 끌고 다니거나 윽박지르거나 아예 내팽개친다.

몸의 지도를
새로 그리다

어깨와 팔을 쓰는 방식은
우리가 사람들과 관계를 맺는 방식과 맞닿아 있다.
손 내밀어 받고, 손 내저어 거부하고,
당기고 미는 등 의미심장한 동작들이
모두 어깨와 팔에 매달려 있다.
그래서 어깨와 팔 근육은 관계의 근육이다.
책임을 질 때도 우린 어깨로 진다.

"훨씬 길어요. 아니, 그보다 훨씬 길고 부드러워요."

올리비아가 그 탄력 있는 목소리 끝을 길게 늘이며 말했다. 그녀는 나를 거울 앞에 세우고 내 팔의 길이를 재고 있었다. 눈을 감고 내가 할 수 있는 한 길게 늘여 뺀 팔을 올리비아가 줄자로 재고 나서 한 말이었다.

"55.2cm에요. 당신의 키나 체형에 비해서 팔을 너무 짧게 쓰고 있군요. 어깨로 팔을 움켜쥐고 있어요. 어깨가 자주 뭉치죠?"

그녀의 정확한 지적에 나는 놀랐다. 나의 지독한 어깨 뭉침이 팔 길이의 문제였을 줄이야!

"팔의 무게가 느껴져야 해요. 하지만 그 무게를 느끼는 사람은 얼마 되지 않죠."

평균적인 성인의 팔 한쪽의 무게는 약 3.6kg이다. 설탕 4봉지의 무게이다.

"팔이 가볍게 느껴지거나 아예 그 무게가 느껴지지 않는다면 그건 어깨와 승모근으로 24시간 팔을 들고 있다는 뜻이에요."

그렇게 생각할 수도 있구나! 지금껏 내가 품고 살아왔던 몸이미지가 머릿속에서 다시 한 번 공중재비를 넘는 게 느껴졌다.

"우리의 한쪽 팔은 보통 4kg이에요. 양팔을 늘 들고 있다는 건 8kg짜리 어린아이를 하루 종일 어깨에 태우고 다니는 것만큼 중노동이죠. 우리는 어깨와 목을 그렇게 쓰고 있어요. 어깨가 뻐근하고 목이 굵어지고 승모근이 우람해지는 것도 전혀 무리가 아니에요."

들고 나서 생각해보니 나는 팔의 무게를 느껴본 적이 없었다. 그 묵직한 것이 내내 매달려 있는데도.

"당신의 두 팔을 따뜻한 물로 반죽한 밀가루 덩어리라고 생각해보세요. 중력을 따라 조금씩 조금씩 늘어나면서 등과 어깨를 잡아 늘이며 아래로 축 처지는 걸 느껴보세요."

내 몸은 놀랍게도 상상한 대로 느꼈다. 마치 최면에 걸린 것처럼 어깨와 등이 스르르 녹더니 묵직해져 가는 손을 따라 축 늘어졌다. 그와 동시에 팔꿈치의 접힌 부분이 밀가루 반죽처럼 늘어났다. 올리비아는 다시 줄자를 내 팔에 갖다 댔다.

"56.3cm! 브라보, 이것 봐요. 이게 진짜 당신의 팔 길이에요."

‘나’는 어디서 시작되어 어디서 끝나는가?

팔은 어디에서 시작되는가? 팔은 날개뼈에서 뻗어 나온 가지이다. 어깨를 지나 등 한가운데 날개뼈(견갑골이라고도 부른다)에서부터 시작되는 팔을 느껴보자. 그럼 그 팔은 어디에서 끝날까? 우리의 손가락이 끝나는 지점이 아니다. 그 손가락 끝이 '닿을 수 있는' 지점까지가 팔이다. 팔도, 다리도, 척추도, 갈비뼈도, 목도, 손도, 발도 마찬가지다. 관절이 있는 곳은 모두 아코디언처럼 접혀진 부분이 있다. 평소엔 수축된 채 접혀져 있다가 필요할 때 펼쳐지는 부분이다. 높은 선반 위의 물건을 꺼내야 할 때 우리 몸의 아코디언은 접힌 부분들을 활짝 편다. 그 접힌 부분까지를 계산에 넣어야 우리 몸의 경계를 정확히 알 수가 있다.

몸 안으로 접혀 들어간 공간을 펼쳐서 느끼고 헐렁하게, 시원시원하게 움직임을 '느끼는' 것이 몸속 공간을 활용하는 법이다. 이렇게 몸 안에서 펼쳐진 공간을 느끼게 되면 자연히 키가 커진다. 팔다리가 길어진다. 존재가 주욱 늘어난다. 실제 자로 재보면 3~4mm 차이에 불과할지 모르지만 그 작은 차이가 당신의 전체적인 인상을 크게 달라지게 만든다. 왜냐하면 그것은 자세, 방향, 느낌이 함께 만들어낸 3~4mm이기 때문이다. 좍 펴진 몸느낌, 여유 있는 자세, 쭉 뻗은 방향감으로 길어진 그 미세한 차이는 보는 이에겐 3~4cm의 효과를 낸다. 그렇게 '보이는' 것이다.

몸 안에서 헐렁하고 넉넉하게 지내는 법을 익히자. 우

리는 대부분 몸속에서 웅크리고 지낸다. 대저택에서 사는 이가 창고 구석에 쪼그리고 있는 것과 같다.

웅크리고 있던 구석에서 벗어나 내가 살고 있는 저택이 얼마나 넓은지 알려면 일단 집 안을 둘러보아야 하듯이, 몸 안의 공간을 알고 쓰기 위해서는 일단 몸을 둘러보아야 한다. 몸을, 나의 영토를 느껴야 한다. 정확하고 꼼꼼하게, 치밀한 지리학자처럼 훤히 꿰고 있어야 한다. 느끼지 않는 부분은 퇴화하여 몸 지도에서 사라져버리고 우리는 엉뚱한 몸을 갖게 된다. 운전할 때 눈에 보이지 않는 사각지대가 있는 것처럼 저마다 살아온 방식과 움직이는 습관에 따라 버려지고 잊혀지는 근육과 동작들이 생기는 것이다. 그리고 그 부분을 메우기 위해 자기 일이 아닌데도 동원되는, 그래서 지나치게 혹사당하는 근육들 또한 생긴다. 아니면 우리의 착각으로 인해 엉뚱한 동작을 수행하고 있는 몸의 부분들도 생기게 된다.

주인 된 자격으로 몸을 아는 것은 그 잊히고 오해받은 몸의 부분들을 보고 느끼는 것으로부터 시작한다. 아무리 자기 몸이라 해도 '느껴지지' 않는 부분은 보살필 수가 없다. '나'의 영역에서 빠져 있기 때문이다. 두툼한 겨울 부츠의 밑창을 보살필 수 있는가? 알고, 느끼는 데까지가 내 몸이다.

'나'는 그 밖으로 뻗어나갈 수 없다. 그만큼만 쓸 수 있다.

그 극단적인 예는 한센병을 앓고 있는 환자들이다. 한센병 자체가 손, 발, 귀와 코끝을 문드러지게 하는 것이 아니라고 한다. 놀랍게도 손과 발을 망가뜨리는 것은 언제나 환자 자신이다. 병의 증상은 단지 몸의 끝 부분에 느낌이 없어지는 것뿐이다. 그 병은 신경을 교란시키고, 손과 발의 느낌을 죽여버린다. 그래서 환자들은 그 부분이 찢어지고, 데이고, 멍들고, 잘려나갈 때까지 모르게 된다.

자세를 바꾸기 위해 생각의 힘이 필요한 이유는 지금껏 '여기까지'라고 굳게 믿고 있었던 몸의 경계를 넘어서야 하기 때문이다. '나'는 어디에서 끝날까? 세상과 나의 경계는 어디부터일까? 우리는 막연하게나마 피부가 감싸고 있는 부분까지를 나라고 인식한다. 그래서 유아기 때 애정 어린 신체접촉을 충분히 받지 못하고 자란 아이는 경계장애라는 정신질환을 갖게 될 확률이 높다고 한다. 기본적인 자아지식을 흡수해야 하는 시기에 자신의 신체 경계선을 피부로 느껴볼 기회를 박탈당했기 때문이다.

하지만 경계장애를 갖고 있지 않고 가족의 사랑을 충분히 받고 자란 정상적인 성인이라 하더라도 그 피부경계의 끝까지 스스로의 몸을 느끼고 쓰고 있는 사람이 몇이나 될

까? 흔히들 '내가 먹는 것이 나'라고 하지만 실제론 '내가 생각하는 것이 나'다. 내가 생각으로 경계를 허물고 주욱 펼쳐서 쓸 수 있게 된 곳까지가 내 몸이다.

가볍고 헐렁헐렁한 옷을 입은 것처럼 편안한 몸 안에서 지낸다는 것이 어떤 느낌인지 예전엔 미처 몰랐다. 널찍널찍하고 햇빛과 바람이 잘 통하는 집에서 지내는 것처럼 쾌적하고 나른한 기분이었다. 그 안에서 지내노라면 불안한 마음도, 조급한 마음도, 짜증 섞인 생각의 습관들도 옅어져 갔다. 일단 몸의 꼭짓점들부터 하나씩 영역을 넓혀보자.

머리는 언제나 한 뼘 더 높은 곳에

어디서부터가 머리일까? 지금 당신이 머리라고 느끼는 위치는 사실 목이다. 우리가 얼굴과 머리를 혼동하고 있기 때문이다. 얼굴은 턱부터 시작되지만 실제로 머리, 두개골이 시작되는 지점은 귀가 시작되는 지점과 비슷하다. 귀 바로 뒤에서 척추가 끝나고 두개골이 시작되기 때문이다. 손으로 귀를 잡아 보거나 혀로 입천장을 만져보면 쉽다. 거기부터 머리가 시작된다고 생각을 바꾸자. 당신의 머리는 언제나, 생각보다 한 뼘쯤 높은 곳에 있다.

만약 나와 비슷한 방식으로 평생 몸을 써왔다면, 지금 당신이 생각하는 어깨의 위치는 사실 귀의 위치다. 이 생각 역시 목을 사라지게 하는 주범이다.

그런데 왜 우리는 대부분 머리를 실제보다 낮게, 어깨를 실제보다 높게 느끼는 걸까? 우리 의식의 몸지도 속에서 입과 손이 차지하는 부분이 상상을 초월할 만큼 넓기 때문이다. 입과 손은 우리 마음속에서 그야말로 압도적으로 넓은 면적을 차지하고 있다. 왜일까? 아기 때, 우리는 무엇이든 일단 손으로 잡아 입에 집어넣고 맛을 보면서 삶을 배웠다. 손으로 쥐어보지 않고, 입안에 넣어보지 않은 것은 미지의 물체일 뿐 내가 '아는' 것이 아니었다.

자라면서도 상황은 크게 달라지지 않는다. 손과 입은 먹고, 말하고, 웃고, 관계를 맺고, 헤어지고, 잡고, 매달리고, 밀면서 우리 일상의 핵심을 담당한다. 그러는 사이 효율성 차원에서 점차로 그 둘의 사이는 가까워질 수밖에 없다. 입은 손을 향해, 손은 입을 향해 가면서 머리는 아래로 가라앉고 손이 매달린 어깨는 위로 솟아 몸지도의 중심, 수도 서울이 된다.

실제로 어깨가 시작되는 점은 갈비뼈가 시작되는 지점

과 비슷하다. 고개를 숙여서 흉곽이 시작되는 가슴 윗부분을 바라보자. 거기서 양옆으로 눈을 살짝만 돌리면 어깨가 보일 것이다. 귀부터가 머리고, 가슴부터가 어깨다. 귀와 어깨가 서로 작별하는 순간 목이 나타난다. 멀면 멀수록 좋다. 귀는 위로 떠오르고 어깨는 아래로 가라앉는다. 귀에서 어깨까지 멀고 먼 거리를 느껴보자.

커피를 마시는 새로운 기술

양복점에서 팔 길이를 재듯이 어깨 끝에서 손목까지를 우리는 팔이라고 생각하고 그렇게 쓴다. 어깨와 목을 혹사하지 않고 팔을 쓰려면 날개뼈에서 뻗어 나온 팔을 느끼고 거기서부터 움직여야 한다. 그리고 손가락이 끝나는 지점이 아닌, 동작이 끝나는 지점까지 손이 닿는다고 상상한다.

자, 커피를 한 잔 마셔보자. 갓 내린 커피 한 잔이 당신 앞에 놓였다. 생각이 끼어들 틈 없이 자동적으로 커피잔을 쥔 손은 입을 향해, 입은 손을 향해 다가갈 것이다. 그 둘 사이의 거리를 효율적으로 좁히기 위해서 우리는 등을 구부리고 어깨를 귀까지 올리고 턱을 내민다. 그 순간 목은 없다.

하지만 새로운 몸지도를 익히고 나면 전혀 다른 식으로

커피를 마실 수 있다. 손과 입이 달려 나가기 전에 잠깐 멈추자. 그리고 몸의 꼭짓점들을 하나하나 확인해보자. 일단 머리를 한 뼘 위로 올린다. 어깨를 가슴으로 내린다. 귀와 어깨 사이의 그 거리를 유지하면서 날개뼈부터 커피잔을 향해 팔을 뻗는다. 그렇게 하면 아주 미세하지만 몸통이 팔을 뻗는 방향으로 틀어지는 것을 느낄 것이다. 손으로 잔을 들었으면 다시 날개뼈로 커피잔의 무게를 느끼면서 천천히 입술 쪽으로 당겨온다. 머리는 높고, 어깨는 낮고, 커피잔의 무게는 등이 받아내고 있다. 그리고 커피 마시는 이는 무척 우아해 보인다.

앉고, 서고, 걷는
삶의 레퍼토리

헬스클럽에 가서 운동을 하고, 달리고, 산에 오르고, 자전거로 출퇴근을 하고, 필라테스를 배우고, 1주일에 3번씩 요가수업을 받고, 아파트 계단을 걸어서 오르내리는 것은 이벤트이다. 즉, 하면 좋지만 안 해도 사는 데 큰 지장은 없는, 그래서 때때로 빼먹고 잊어버리고 무시해도 그만인 일들이다.

하지만 앉고 서고 걷는 것은 삶이다. 인생이다. 건강하게 살아 있는 한 그걸 빼먹거나 잊어버리거나 무시한다는 건 불가능하다. 병원이나 노인요양원에서 장애등급을 매길 때 기준으로 삼는 것도 바로 이 '기본동작 수행능력'이다. 혼자 앉을 수 있는가? 부축 없이 일어날 수 있는가? 내 힘으로 걸어서 싱크대까지, 화장실까지, 식탁까지 갈 수 있는가? 이 3가지만 되면 당신은 사는 데 별문제없는 '정상 생활인'으로 분류된다.

앉고, 서고, 걷는 것은 우리 삶의 레퍼토리다. 숨을 쉬는 것과 같다. 기본적으로 우리는 잠을 자는 시간을 제외하곤 늘 어딘가에 앉아 있거나, 서 있거나, 걸어서 이동하고 있다. 그래서 아무리 새로운 방식이라 해도 반복하다 보면 어느 틈에 버릇으로 몸에 붙는다.

하지만 운동은 다르다. 노력으로 운동하는 습관을 들일 수는 있겠지만 그렇다고 해서 운동이 버릇이 되지는 않는다. "나도 모르게 또 팔굽혀펴기를 하고 말았어!" 혹은 "툭하면 달리는 이 버릇을 고쳐야 할 텐데….'라고 말하는 사람을 나는 아직 만나보지 못했다. 걸음마를 배울 무렵부터 훈련에 돌입하여 수십 년간 운동을 직업으로 삼아온 프로 선수들도 일정 나이가 지나면 '은퇴'를 선언한다. 하지만 앉고, 서고, 걷는 것에서 스스로 은퇴하는 사람은 없다. 이것이 운동과 움직임의 차이다.

'나'를 담아 보관하는
고급스런 상자가 있습니까?

몸은 움직이는 부동산이다.
옷이고, 차이고, 집이다.
우리는 몸을 입고, 몸을 타고, 몸 안에 산다.
나는 자세의 힘을 믿는다.
그것은 우리가 세상을 대하는 태도를 바꾸는 힘이며,
세상이 우리를 대하는 태도를 바꾸는 힘이다.

자기관리의 최고 경지는 자세관리다. 자세는 '나'를 담아 보관하는 상자이기 때문이다. 고급 구두나 백을 보관하는 방식과 같다. 쓰고 나선 닦고, 심을 넣고, 딸려온 박스에 넣어두어야 변형 없이 오래 쓸 수 있다. 우리 몸을 그 명품 케이스 안에 넣을 수 있는 유일한 방법은 몸습관을 바꾸는 일이다. 일단 습관으로 케이스를 단단하게 만들어놓고 나면 그 뒤로 우리가 해야 할 일은 없다. 그 안에서 지내기만 하면 습관들이 알아서 우리 몸맵시와 이미지를 관리한다.

"자기관리나 웰빙을 이야기할 때 우리는 흔히 3가지에 대해 이야기하죠. 다이어트, 운동, 스트레스 관리. 하지만 저는 여기에 아주 중요한 네 번째 요소가 빠져 있다고 생각해요. 자세. 자세는 보험에 드는 것과 같아요. 애써 모은 재산을 지키려는 게 보험이잖아요. 애써서 운동하고 다이어트해서 가꾼 몸을 지켜주는 게 좋은 자세에요. 살아가다 보면 항상 건강식만 먹을 수 없고, 때론 운동을 걸러야 할 때도 있지요. 그때 우릴 지켜주는 게 자세에요. 좋은 자세를 몸에 붙여놓으면 잠시 운동을 거르거나 배달음식으로 끼니를 때우더라도 그 전처럼 몸이 흐트러지지 않아요. 쉽게 군살이 붙지 않을 뿐만 아니라 근육이 금방 빠지지도 않죠. 우리가 원하는 게 바로 이런 것 아닌가요?"

평생 사람들의 틀어진 골격과 근육을 바로 잡으며 살아온 물리치료사 사이먼은 자세의 힘에 대해 이렇게 명쾌하게 정의 내렸다.

영양가 있는 음식을 적당히 먹고, 가끔씩 땀을 흘리며 근육을 키우고, 마음에 찌꺼기가 쌓이지 않도록 풀어주는 것은 물론 중요하다. 하지만 그 모든 것을 드러내고, 담아두고, 지키는 것은 자세이다. 자세는 매달릴 가치가 있다.

더 '많이' 움직이는 게 중요한 게 아니다. 더 '잘' 움직여야 한다. 움직임은 음식과 같다. 얼마나 먹느냐가 아니라 무엇을 먹느냐가 우리의 건강을 결정하듯 움직임의 질을 생각해야 한다. 그리고 음식과 움직임은 똑같이 우리 몸에 생화학적 반응을 불러일으킨다. 선택사항이 아니다. 생존에 꼭 필요한 요소이기 때문에 언제든 어떤 식으로든 우리는 음식을 먹고 몸을 움직이게 되어 있다. 물론 음식을 굶듯이 한동안 움직임을 굶을 수도 있다. 사실 움직임 다이어트는 현대인이라면 누구나 이미 하고 있다. 그리고 모든 다이어트가 그렇듯 우리 몸은 허기짐을 느낀다. '아, 몸 좀 움직여야 하는데…' 하는 느낌이 허기처럼 밀려오는 때가 있는 것이다.

다이어트 혹은 단식 뒤에 허겁지겁 설탕을 씌운 도넛에 달려드는 것은 어리석은 짓이다. 몸은 칼로리를 간절히 원하지만 그때 채워줘야 하는 것은 질 높은 칼로리이다. 똑같은 500kcal라도 도넛과 콜라를 타고 들어온 500kcal는 현미밥과 데친 브로콜리, 구운 연어 반쪽과 함께 몸에 도착한 500kcal와는 전혀 다른 대접을 받는다.

그래서 무조건 많이 움직이다가 소파 위에 널브러지는 것은 팝콘으로 배를 가득 채워버려 더 이상 아무것도 먹지 못하게 되는 것과 같다. 아무 생각 없이 움직이는 것, 몸을 망가뜨리는 자세로 오랫동안 움직이는 것은 뷔페 레스토랑에서 단 한 번도 샐러드 코너에는 발을 들여놓지 않은 채 튀긴 감자와 케이크만으로 식사를 끝내버리는 것과 같다. 브로콜리와 검은콩 샐러드도 먹어야 한다.

몸은 잊지 않는다

운동이 어쩌다 한 번씩 영양보충을 위해 나가서 먹는 외식과 같다면, 자세는 늘 먹는 삼시세끼 집밥과 같다. 아무리 운동을 좋아하는 사람도 365일 하루에 2시간 이상 운동하진 못한다. 그 나머지 22시간 동안 우리 몸은 오롯이 우리가 취하는 자세 속에 담겨 있을 수밖에 없다. 그런데 너무나 많은 사람들이 그 단 한 끼의 외식에 모든 영양소를 의존하고 있다.

운동은 필요하지만 운동만으론 충분치 않다. 1주일에 3번, 1시간씩 운동해서 자세를 바로 잡을 수 있다면 얼마나 좋을까! 하지만 그건 1주일에 3끼만 케일주스를 마시고 나머지 18끼는 패스트푸드로 때우면서 늘씬하고 건강한 몸을 기대하는 것만큼이나 무리한 생각이다. 입안에서 단 몇mm를 교정하는 치아교정만 해도, 철사로 된 교정기를 하루 20시간 이상 매일 착용하고 수년 동안 지내야 한다. 자세교정은 온몸교정이다. 자세를 바꾼다는 것은 206개의 뼈와 그 뼈를 지탱하는 근육들의 큰 틀을 교정한다는 의미다. 그리고 우리의 온몸을 끼울 수 있는 교정기는 아직 개발되지 않았다.

그 대신, 우리가 하루 대부분의 시간을 보내는 기본자세 틀을 바꾼다면 어떨까? 잠자는 시간을 제외하면 우리 몸은 늘 어딘가에 앉아 있거나, 서 있거나, 걷고 있다. 앉고 서고 걷는 자세가 우리 몸의 틀이다. 만약 우리가 하루 22시간 몸을 돌볼 수 있다면 따로 자세교정을 위한 전문가를 찾아가거나, 러닝머신을 할부로 구매하거나, 2주 뒤면 발을 끊게 될 헬스클럽에 등록할 필요가 있을까?

자세는 우리 몸의 윤곽을 디자인한다. 매 순간 취하는 자세가 뼈의 위치를 바꾸고 근육의 모양을 선택하기 때문이다. 그리고 자세는 감정적인 영역이다. 우리를 스치고 지나가는 모든 기분과, 사건과, 생각과, 경험들이 우리의 근육을 건드린다. 마음으로 느끼고 경험한다고 생각하겠지만, 사실 당신은 근육으로 그 모든 것들을 받아내고 있다. 그리고 도미노처럼 근육의 기억은 뼈에 전달되어 뼈의 모양과 강도를 결정한다.

그런데 우리가 몸을 사용하는 방식은 나이가 들고 환경이 바뀌고 취향이 바뀐다고 해서 그에 따라 드라마틱하게 바뀌지 않는다. 드라마틱하게 바뀌기는커녕 지긋지긋할 정도로 우리는 한 번 익힌 방식을 고집하며 쓰던 대로 몸을 쓴다. "식습관을 바꿔야겠어.", "집 안 인테리어가 마음에 안 들어." 혹은 아예 "사는 곳을 바꿔보면 상황이 나아지지 않을까?"라는 말은 흔히 듣는다. 하지만 누군가가 "새해엔 걸음걸이를 바꿔봐야겠어.", "앉는 방식이 틀렸던 것 같아." 혹은 "서 있을 때 무게중심을 발뒤꿈치 쪽으로 옮겨보려고 해."라고 말하는 것을 들어본 적 있는가?

몸은 찰흙 덩어리와 같다. 늘 70% 이상의 물로 젖어 있기 때문에 부드럽고 물렁하다. 우리가 만지는 족족 흔적이 남는다. 손끝으로 살짝만 건드려도 젖은 찰흙 표면에는 자국이 남는다. 이미 지나간 일이니 잊을 수 있는 것은 마음뿐이다. 몸은 잊지 않는다. 아니, 자국을 간직한 채 잊은 듯이 살아간다. 그러다 어느 순간 무너져내린다, 리지의 허리처럼.

이웃에 살던 리지는 활기 가득한 주부였다. 네 살, 여섯 살 사내아이 둘을 씩씩하게 키우면서 거의 매일 헬스클럽에 나가 땀을 흘리고 봉사활동도 열심이었다. 자그마한 키에 탄탄한 근육질 몸매를 갖고 있었던 그녀는 테니스공처럼 건강해 보이는 사람이었다. 그런데 어느 날 그녀가 한 손으로 허리를 받친 채 영 거북스러운 걸음걸이로 걷는 것이 보였다. 나는 그녀에게 어찌된 영문인지 물었다.

　"그냥 바닥에 떨어진 타월을 주우려고 몸을 굽혔을 뿐인데, 허리가 삐끗하더니 움직일 수가 없어요. 정말 이상한 일이지요?"

　실은 전혀 이상한 일이 아니다. 그녀의 허리는 아주 오래 전부터 차근차근 금이 가고 있었다. 그녀는 평생 모든 것을 그런 식으로 집어 올렸을 것이다. 헬스클럽 덤벨을, 슈퍼마켓 봉투를, 두 아이를, 그 아이들이 흘린 과자를, 강아지 똥을, 산길에 떨어진 도토리를…. 그녀는 허리를 조금씩 부러뜨리며 살고 있었다.

　당신의 망가진 자세는 하루아침에 이루어진 게 아니다. 그래서 그 잘못된 습관을 지우는 데도 문신을 지우듯 시간이 걸린다. 하지만 새로운 습관이 일단 몸에 붙기만 하면 그 또한 나도 모르는 새 감쪽같이 사라진다.

영어의 바탕은 알파벳이고 음악의 바탕은 도레미이듯 우리가 살아가는 데 필요한 온갖 움직임들의 바탕이 되는 것은 앉기, 서기, 걷기다. 그 바탕자세들을 바로 세우고 능숙하게 몸에 붙이고 나면 나머지는 쉽다.

몸이 주는 느낌은
정직하다

보통 '자세'라고 하면 서 있거나 앉아 있는, 정지된 순간의 모습을 떠올리지만 이 책에서 다루고 있는 자세는 움직이는 모든 순간의 모습이다. 움직임이고, 태도이고, 느껴지는 분위기다. 사진 속의 '나'는 이야기해주지 못하는 비디오 속 '나'에 대한 이야기다. 아무리 이력이 좋아도 증명사진만 보고 채용하는 회사는 없다. 하다못해 방을 하나 얻으려 해도, 집주인은 반드시 간단한 면접을 거치고서야 당신을 '우리'의 영역에 들일지 말지 결정한다. 우리는 어떤 이력서보다도 몸이 주는 느낌을 믿는다. 그래서 면접이라는 이름으로 이렇게 요구하는 것이다. "일단 당신이 움직이는 걸 좀 보여주세요."

그 사람이 자신의 몸을 가지고 그려내는 이미지들은 우리의 무의식에 정보를 제공하고, 그 정보는 거의 절대적인 것, 즉 인상으로 자리 잡는다. '그냥 느낌이 좋았어.', '걸어 들어오는 순간부터 착한 사람이라는 감이 오더라.', '일단 한 번 만나봐. 분명 마음이 바뀔 거야.' 혹은 '능력 있는 사람이긴 한데, 왠지 믿음이 안 가.', '보면 몰라? 딱 봐도 사기꾼이잖아.' 등등. 당신이 어떤 식으로 움직이며 살아가는 사람인지를 보는 것만큼 확실한 정보는 없기 때문이다.

Chap. 07

"바쁘지 말거라.
아무것도 할 필요가 없으니까."

혹시 너, 중독된 건 아니니?
바쁜 것도 일종의 중독이지.
알코올중독, 약물중독, 일중독, 음식중독, 운동중독…,
모든 종류의 중독들과 똑같이.
그리고 인간이 중독에 빠지는 이유는 단 한 가지,
무언가로부터 도피하기 위해서야.
몸으로 돌아와서 '지금, 여기'를 느끼고
인생의 큰 그림을 그리는 일만 아니라면
무엇이든 하려고 든단다.

오랜 친구 카림 할아버지에게서 연락이 왔다. 명상가이며 교육자인 그는 호주에 아들 내외를 만나러 왔다며 차나 한잔하자고 청했다. 물론 나는 날듯이 달려가 그를 만났다.

"어이, 오랜만이다! 어떻게 지내니?"

"바쁘죠, 뭐."

"바쁘다고? 뭘 하느라고 그렇게 바쁘니?"

나는 헛웃음이 나왔다.

"선생님은 은퇴하신 지 오래돼서 잊어버리신 모양인데, 다 큰 성인이 제대로 앞가림을 하면서 살려면 해야 할 일들이 아주, 아주 많다고요. 그걸 피하려면 숲 속에 오두막 짓고 촛불 켜고 사는 수밖에 없어요."

"숲 속에 오두막을 짓고 살아도 넌 바쁠 거다. 너무 바빠서 촛불 켜고 끌 시간도 없다고 불평할 걸?"

그제야 카림 할아버지를 만났다는 실감이 제대로 들었다. 그는 상식에 맞장구쳐주는 사람이 아니다.

"난 바쁘다는 말을 그다지 좋아하지 않아. 사람들이 입버릇처럼 '바쁘다, 바빠 I'm busy, so busy.'라고 말하는 걸 들을 때마다 소화불량에 걸릴 지경이야. 그 'busy'라는 말의 어원은 중세영어로 '혼란스러운, 불안해하는, 마구 어질러진, 쓸데없이 참견하는'이라는 뜻을 지닌 형용사야. 그래서 '저 사람은 굉장히 바쁜 사람이야.'라는 말은 욕에 가까웠지. 현대 영어에도 그 뉘앙스가 남아 있어서 'busy body'라고 하면 '쓸데없이 오지랖 넓은 사람'을 뜻하거든."

하지만 난 정말로 바빴다. 집을 짓는 것도 아니고, 아이를 키우는 것도 아니고, 시험공부를 하는 것도 아닌데, 할 일들은 샘처럼 솟아났다. 내 머릿속에서 퐁퐁퐁 솟아나는 '당장 할 일'들과 '그다음에 할 일'들의 행진.

'함'중독은 폭식증과 비슷하다. 물론 음식은 우리 몸에 꼭 필요하다. 음식을 통해 영양분을 섭취하는 것은 생존의 가장 기본적인 요소다. 하지만 몸이 필요한 만큼 먹는 정도를 넘어서 음식이 감정의 영역, 회피의 영역으로 넘어가게 되면 반대로 몸을 망가뜨린다.

무언가를 '하는' 것도 마찬가지다. 일을 하고, 공부를 하고, 세수를 하고, 운동을 하고, 궁리를 하고, 계획을 하고, 후회를 하고, 새로운 길을 모색하지 않으면 우리 삶은 앞으로 나아가지 않는다. 하지만 그 '함'에 기대어 생의 가장 소중한 것, 마음이 진정 원하는 것, 혹은 몸이 하는 말을 무시하게 되면 바쁘게 움직이며 해치우는 그 일들이 삶을 망가뜨린다. 폭식증으로 먹은 음식들이 몸을 건강하게 하지 않듯, 바쁨중독으로 해치우는 일들이 성공을 보장하지는 않는다.

"가장 큰 문제는 사람들이 그 바쁨에서 빠져나오려 하

지 않는다는 점이란다. '바쁨중독'은 그중에서도 가장 근사하니까. 아무도 그걸 끊으라고 말하지 않을 뿐더러 오히려 칭송하고 부러워하기까지 해. 그래서 사람들은 더 바빠지지 못해 안달하지. 스트레스를 당연하게 생각하고 그 속에서 살아남기 위해 더 바쁘게 움직이지 않으면 안 된다고 스스로를 세뇌시키면서. 더 많은 일을, 더 빨리 해치우기만 하면 더 나은 인간, 더 대단한 인격자가 된 듯 착각해. 그 착각이 아주 잠시 동안 우릴 만족시켜줘."

이제 우리는 바쁨에 중독되어 바쁘지 않은 상태를 견디지 못한다. 여기서 바쁘다는 건 다른 무언가에 정신을 팔고 있어서 마음이 몸으로부터 떠나 있는 상태를 말한다. 마감이 닥친 일거리들을 처리하느라고 바쁠 수도 있고, 정신없이 이것저것 요구하는 아이들 시중을 드느라 바쁠 수도 있고, 멈춰버린 엘리베이터 안에서 불안에 떠느라고, 갓 구운 빵을 식기 전에 먹느라고, 무례한 가게 점원의 태도에 분개하느라고, 흘린 동전을 줍느라고 바빠서 우리는 우리 몸을 떠난다.

그리고 정 몸을 떠날 일이 없을 땐 황급히 핸드폰과 노트북을 꺼내든다. 월드와이드웹은 언제, 어디서든 거미줄처럼 *끈끈하게* '지금, 여기'로부터 우리를 낚아채주니까. 일종의 납치 자작극이다. 내 마음을 납치해서 또 다시 지금 여기가 아닌 곳, 내 삶과는 별 관계없는 곳, 삶이 담겨 있는 모양을 보살필 의무를 미룰 수 있는 곳, 몸과 상관없는 곳으로 떠난다. 익숙한 느낌이 든다. 안심한다.

"그래서 바쁨중독은 노력중독으로 이어진단다. 노력중독자들은 이 시대의 롤모델이 되었어. 노력하는 건 큰 재능이지. 하지만 중독이 되면 진정으로 원하지도 않는 일에 노력을 기울이게 되고, 소중한 에너지를 엉뚱한 곳에 쏟아붓게 돼. 기억하거라. 마음의 에너지는 석유처럼 고갈되는 자원이란 걸. '마음을 쓴다.', '신경을 쓴다.', '애를 쓴다.'라고 말하지 않니? 일단 써버리고 나면 지갑이 비어버리는 거야."

백화점 고객센터에서 하루 종일 친절과 배려를 써버린 사람은 퇴근 후 가족들에게 미소 짓기가 힘들다. 다이어트를 하느라고 카페에서 시럽과 케이크의 유혹을 애써 견딘 뒤에는 옷가게에 들어갔을 때 충동구매를 억누를 힘이 없다. 그걸 미리 알았더라면! 타인의 기분을 건드리지 않으려고, 그들의 마음에 드는 말을 하려고 썼던 그 에너지로 날 돌볼 수 있었을 텐데.

"바쁘지 말거라. 여러 가지 일들을 해내는 건 좋지만 그걸 혼란스러운 머리로 불안한 마음을 안고서 삶을 마구 어질러가며 해치워선 안 돼. 밝은 마음으로 집중해서 경쾌하게 해내는 것과는 달라. 앞으로 또 바쁘다는 생각이 들거든 주문처럼 이 말을 외우거라. '난 아무것도 할 필요가 없어, 난 시간이 충분해, 난 자유로워.' 그곳에 얼마나 빨리 도달하는가는 의미가 없어. 그곳까지 얼마나 우아하고 쉽게 움직여갈 것인가를 궁리하렴."

우리는 '시간이 쏜살같이 지난다.'고 말하지만, 시간의 입장에서 본다면 쏜살같이 스쳐 지나가는 것은 우리, 인간일 것이다. '사람들은 정말 쏜살같이 스쳐 지나가는군! 미처 얼굴을 확인할 겨를도 없이 벌써 저만큼 미래 속으로 사라져버렸어.'

카림 할아버지는 내가 '하느라고' 정작 '살' 시간이 없을까 걱정하셨다.

"우리는 '휴먼빙human being'이지 '휴먼두잉human doing'이 아니지 않니? 걱정함, 조급함, 해치우려 함…. '함'에 묶여서 정작 하고 싶은 일엔 다가가지 못하는 인생들이 얼마나 많은지! 이제 '둠'을 배우거라. 내려둠, 놓아둠, 그냥 둠으로 바꿔서 경험해봐. 덜 하고 더 사는 법을 배우거라. 그러려면 스스로의 인생에 책임질 줄 알아야 해. 그 안에서 일어나는 고통이나 두려움도 책임질 수 있어야 진정한 어른이 된단다. 두려움이 느껴질 때, 막막할 때, 삶이 칼날처럼 생채기를 낼 때 음식이나 술이나 '함' 속으로 도망치지 않고 그 경험을 끌어안고 그 안에서 성장하는 거야."

그 경험을 끌어안고 그 안에서 성장하는 것. 나는 그 경험과 성장의 도구로 몸을 선택했다. 내 맘대로 되는 게 하나도 없다고 느껴질 때도 나는 몸을 갖고 있었다. 그 몸을 세울 수 있었다. 그래서 나는 웅크려 울고 싶을 때 척추를 폈다. 기분이 끝없이 가라앉을 때면 머리를 띄웠다. 아무도 내 편이 아니라는 생각이 들 때 꼬리뼈에 매달렸다.

자세 프로젝트는 그런 거였다. 사정이 생겼다고 잠깐 보류했다가 다시 시작할 수 있거나, 가까운 이에게 잠시 맡아달라고 부탁했다가 다시 넘겨받을 수 있는 그런 일이 아니었다. 내 왼쪽 가슴에서 종양이 발견되던 그날까지도.

마침내 인생을 즐기기만 하면 되는
순간이 왔을 때

치과 대기실 의자에 그렇게 앉아라.
깨진 핸드폰 액정을 고치러 그렇게 걸어서 가라.
영화 시작할 시간이 다 됐는데 나타나지 않는 친구를
그렇게 서서 기다려라. 그 와중에 몸을 세우는 것이 중요하다.
그래야 그 모든 것들이 지나갔을 때,
마침내 인생을 즐기기만 하면 되는 순간이 찾아왔을 때,
준비되어 있을 수 있다.

가벼운 마음으로 받았던 정기검진에서 가슴에 작은 멍울이 발견되고(그날은 하필 내 생일이었다.) 그 멍울을 떼어내는 수술을 받기까지의 그 두 달 동안, 내 몸은 더 이상 내 것이 아니었다. 아니, 내 기분이 좋은지 나쁜지를 내가 결정할 수 없었다. 그 1.3cm의 작은 멍울로 '나'는 축소되었다. 세상은 먼저 달려가 움켜잡는 이의 것이라 믿으며, 키 크고, 덩치 크고, 통굽 하이힐을 즐겨 신던 그 여자는, 숱 적은 머리카락을 부풀리기 위해서 아침마다 미친듯이 헤어스프레이를 뿌려대며, 새파랗거나 샛노란 원색을 좋아하고, 뜨겁고 매운 음식을 눈도 깜짝 하지 않고 먹어치우던 그 여자는, 순식간에 그 모든 볼륨을 잃고 쪼그라들었다.

그곳엔 전문가들이 있었고 그들이 지금까지 내가 몸을 갖고 휘두르던 모든 삶의 권한을 가져갔다. 내가 할 수 있는 일이라고는 전문의를 예약하고, 그들의 비서가 전화를 받을 때까지 하염없이 되풀이되는 병원 안내 메시지를 듣고, 대기실에서 표정 없이 잡지를 들추는 사람들 무리에 섞여들어 기다리는 법을 배우는 것뿐이었다.

암센터 대기실은 내가 지금껏 알던 세계와 미묘하게 농도가 달랐다. 세상엔 잘 빚은 페이스트리처럼 여러 층의 겹이 있다. 실수로, 사고로, 혹은 전문의의 진단으로 우리는 다른 층의 겹 안으로 떨어진다. 그리고 직접 떨어져보기 전에는 그런 곳이 있는지조차 모르며 어떤 곳인지 결코 미리 알 수도 없다.

'이상한 나라의 앨리스'가 떨어졌던 토끼굴이 바로 이런 거였다. 늘 곁에 있었지만 내가 알던 세상과는 전혀 다른 룰이 지배하는 곳. 그 이야기를 쓴 루이스 캐럴도 혹시 병원 대기실 안에서 그 소설을 구상한 게 아닐까? 토끼굴에 떨어졌다고 밖엔 표현할 길 없는 낯선 세상의 표정 안에서.

그 대기실의 겹 안에서 사람들은 느리게 움직였다. 그리고 약속이나 한 것처럼 고개를 떨구고 둥그렇게 등을 말고 있어서 커다란 쉼표처럼 보였다. 나는 배웠다. 우리 힘으로 어찌할 수 없는 무언가가 다가올 때, 우리는 그런 모양이 되는구나. 운명이 이름을 부를 때까지 모두들 그렇게 기다리고 있었다. 온몸으로 쉼표를 찍고.

나의 병증은 애매했다. 이형세포가 발견되긴 했는데 암이라고 단정 짓긴 힘들었고, 그렇다고 무해한 섬유낭종으로 보기엔 멍울의 표면이 들쭉날쭉 매끈하지 않았다. 검사는 또 다른 검사를 불렀고, 그때마다 추천받은 검사병원을 예약하고, 그 날짜까지 기다리고, 대기하고, 친구와의 약속을 취소하고, 검사받고, 결과를 기다리고, 결과가 나왔다는 통보를 받으면 국경일과 연휴가 끝나길 기다리고, 그 결과를 통보받기 위해 일반의의 스케줄을 예약하고(이곳 시스템은 결코 전문의가 환자에게 직접 결과를 알려주지 않는다. 맨 처음 나를 진단했던 일반의에게 모든 결과를 보내며, 그 담당의를 환자가 직접 대면해야만 마침내 결과를 들을 수 있다.), 다시 그 일반의의 비서가 전화 받기를 기다리고, 대기하고, 의사를 만나 결과를 듣는 기나긴 여정이 반복되었다.

내가 기뻐도 되는지, 즐거워도 되는지, 연애 따위에 눈물 흘려도 되는지, 커피와 머핀을 마음 놓고 음미해도 되는지를 그들이 결정했고 나에게 통보했다.

카림 할아버지를 만나고 싶었다. 하지만 그는 아들 부부와 함께 트럭을 몰고 중서부를 여행하는 중이라고 했다. 대신 그는 이메일로 물어왔다. "무슨 일이 있니?" 나는 그에게 모든 것을 털어놓았다. 언제부턴가 내 몸이 나도 모르는 음모를 꾸미고 있었고, 배신감이 들어 견딜 수가 없노라고. 나도 앙갚음을 하고 싶다고. 더 이상 날 돌보기가 싫고 내팽개치고 싶다고.

답장은 의외로 그의 며느리로부터 왔다. 그녀도 2년 전에 유방암 진단을 받았지만 수술 후 완치되었고 지금은 오히려 예전보다 활기찬 삶을 즐기고 있다고 했다. 다정하고 사근사근한 말투로 그녀는 지금 내가 생각하는 것만큼 나쁜 일이 일어난 것은 아니라고 이야기해주었다. 길고도 진실한 메일이었다. 그러고도 끝내 못미더웠던지 그녀의 메일 끝에 카림 할아버지가 추신을 달아둔 것이 보였다.

"얘야, 이 또한 지나간단다. 그 일, 그 사람은 지나가지만 몸은 지나가지 않아. 마지막 순간 네 유일한 가족, 유일한 네 것, 네가 가장 나중까지 지니게 될 것은 몸이다. 그 밑천을 탕진해버려선 안 된다."

그 모든 혼돈 속에서 꼬리를 들고 귀를 세워라. 모든 게 엉망진창이고 어디서부터 손써야 할지 모르는 순간이 오거든 척추를 가지런히 펴라. 멱살 잡은 그 손을 놓고 머리를 띄워라. 마지막 한 줄기 희망, 몸 안에 머물러라.

그러고 나서 당신을 기다리고 있는 혼돈 속으로 들어가 앉아라. 필요하다면 서라. 꼬리를 들고 귀를 세우고 수염을 활짝 펴고 걸어 다니면서 해야 할 일들을 처리해라. 생기 있게 활짝 펴져 가볍게 움직이는 몸. 그게 준비되어 있지 않으면 마침내 인생을 즐기기만 하면 되는 순간이 왔을 때 훌쩍 즐거움 속으로 뛰어들지 못한다. 고생은 망가진 몸을 질질 끌고라도 할 수 있을지 몰라도, 즐기는 것은 활기와 생명력이 없으면 불가능하다. 그 밑천을 탕진해버려선 안 된다.

2개월 뒤, 나를 움켜쥐고 있던 그 종양의 실체는 암으로 전이되기 직전의 이형세포인 것으로 판명이 났고 제거하는 수술을 받은 뒤에도 1년에 2번씩 추적검사를 해야 한다는 진단을 받았다. 몸은 더더욱 나의 관심과 배려를 보채고 있었다.

다만, 우리는 우리 몸에
무슨 짓을 하고 있는지 알아야 한다

당신이 10년 전에 무슨 생각을 하며 살았는지 알고 싶다면,
지금 당신의 몸을 보라.
10년 후 당신이 어떤 모습일지 알고 싶다면,
지금 당신이 무슨 생각을 하며 사는지 보라.

당신의 고통은 전혀 특별한 것이 아니다. 당신에게 일어난 기적 같은 행운들도, 지리멸렬한 하루하루도 전혀 특별할 것 없이 거의 모든 사람들이 사는 동안 겪는 일들이다. 다만 그 고통과 행운과 지겨움에 반응하는 당신의 태도만은 굉장히 특별하다. 그 누구도 당신과 똑같은 방식으로 즐거움을 표현하지 않는다. 누구도 당신과 똑같은 방식으로 입술을 깨물지 않으며 당신이 하는 식으로 하품을 하다 말고 핸드폰에 손을 뻗지 않는다.

영화를 볼 때도 우리는 감독이 의도한 영화를 보지 않는다. 저마다 영화 장면 속에서 떠오르는 자신만의 환상, 기억 혹은 닮은 경험을 본다. 책을 읽을 때도 객관적인 읽기는 경험되지 않는다. 한 줄 한 줄 '내 인생사전'을 들추어가며 해석하기 때문이다. 여행을 떠나 세상을 느끼고 왔다고 생각하겠지만 역시 풍경만 바뀌었을 뿐 익숙한 '내' 감정, '내' 기분을 줄기차게 느끼다가 돌아오는 것이 우리다. 특히 요즘처럼 셀카가 가장 보편적인 사진 찍기가 되고 나서부터는 여행지의 기억이라기보단 여행지를 배경으로 한 자신의 모습에 관한 기억을 우리는 담아온다.

우리는 현실에 반응하는 방식을 창조하고 있을 뿐만 아니라 스스로의 모습도 매 순간 새로 창조하고 있다. 우리의 마음거울은 단 한 순간도 똑같은 모습으로 스스로를 비춰주지 않는다. 그 거울에 비친 우리의 모습은 끊임없이 변하는 홀로그램과 같다. 상상과 환상, 기억과 강박, 내면의 목소리, 혼자만의 세계의 역할극까지 관여해서 한 인간의 생김새를 잠시도 그냥 놔두질 않는다. 백화점 조명과 길쭉한 거울 앞에서 비춰보고 샀던 옷을 집에 갖고 와 다시 입어보면 고개가 갸우뚱해질 정도로 다른 옷으로 보이는 것처럼.

우리의 외모를 결정짓는 것은 결국 우리의 인식이며 마인드 세팅이다. 날씬하게 느껴지는 날, 뚱뚱하게 느껴지는 날, 예쁘게 느껴지는 날, 촌스럽게 느껴지는 날이 있는 것이다. 그리고 그 날은 그 느낌에 걸맞게 행동하기 때문에 실제로도 그렇게 보인다.

어릴 적에 문구점에서 멜론향이 나는 투명한 지우개를 훔치려다가 들킨 기억이 있다. 다섯 살쯤이었을 것이다. 학교도 들어가기 전이었으니 지우개가 필요했을 리도 없는데 그 산뜻한 연녹색의 투명하고 말랑말랑한 물체가 매혹적이기 짝이 없었다. 그것을 손에 쥐고 홀딱 반해서 두 눈으로 집어삼킬 듯이 바라보며 한참을 있었던 것 같다. 그게 어떻게 해야 내 것이 되는지에 관한 구체적인 방법 같은 건 몰랐다. 그저 모든 신경이 그 지우개에 몰입되어 문구점 점원이다가오는 것도 느끼지 못한 채 무아지경에 빠져 있었다.

"살 거니?"

점원이 내 귀에 대고 말했을 때 나는 펄쩍 뛰어올랐다. 그리고 다섯 살의 심장은 기름솥에 던져진 새우처럼 튀겨지고 말았다. 살 거니? 살 거니? 살 거니? 아직도 생생히 기억한다. 얼굴에 여드름이 가득했던 그 젊은 남자직원을. 아마도 그는 아무런 악의 없이 그렇게 물었을 것이다. 용돈을 받기엔 아직 너무 어려 보이는 꼬마가 물건을 만지작거리고 있으니 경고 차원에서, 혹은 부모에게 사달라고 하라는 뜻으로 그랬을 수도 있다.

하지만 그의 의도와 상관없이 나의 어린 심장은 튀겨져버리고 말았다. 그 충격이 너무 커서 한동안 움직일 수가 없었다. 그리고 그 화상의 흉터는 아직도 내 심장을 덮고 있어서 투명한 지우개를 볼 때마다, 혹은 멜론향을 맡을 때마다 어김없이 "살 거니?"가 들리고, 뜨거운 기름방울이 튄다. 그렇게 하지 않을 방도가 없다. 내가 결정할 수 있는 문제가 아닌 것 같다. 나의 의견 따위는 묻지도 않고 그 5살의 문구점으로 날 다시 데려가서는 그 순간에 움츠러들었던 근육을 고스란히 다시 움츠리게 한다.

내가 지우개를 볼 때마다 움찔한다면 엄마는 호빵을 볼

때마다 분노한다. 아빠가 늘 호빵을 먹을 때 반을 갈라 단팥 부분만 먹고는 던져버리던 것을 떠올리지 않는 법을 몰랐기 때문이다. 우리는 버튼을 누르면 반응한다. 음료자판기처럼. 늘 똑같이, 지치지도 않고, 온몸으로.

이모션emotion은 모션motion을 불러온다. 아니, 이 둘은 샴쌍둥이처럼 몸을 붙인 채 태어나기 때문에 어느 것이 먼저라고 말하는 것 자체가 무의미하다. 그 둘 사이에 우리의 판단이나 해석이 끼어들 틈은 없다. 화가 치밀어 오르거나 발을 동동 구르거나 어금니를 꽉 물기 전에 몸이 우리에게 의견을 물은 적이 있던가? 성능 좋은 자동판매기처럼, 상황이 버튼을 누르는 대로 우리는 전자동으로 반응하며 살고 있다. 이것을 '감정적 습관' 혹은 '성격'이라 부르며 그 굳건한 틀은 벗어나기기 굉장히 힘들다. 그렇게 살고 싶어서라기보다는 그렇게 살지 않는 법을 몰라서 다들 그렇게 사는 것이다.

몸은 그릇이다. 우리는 그 안에 마음과 느낌을 담는다. 그리고 그 그릇에 오래 담긴 감정이 그릇 모양대로 굳는 것은 당연한 일이다.

지우개를 만지작거리던 내게 "살 거니?"라고 물었던 그때 그 점원은 자신이 한 아이의 굽은 등을 창조하고 있다는 사실을 알았을까? 나를 목말 태우고 껑충껑충 뛰며 놀아주던 삼촌은 그때 자신이 10년 뒤 조카의 목과 승모근을 굵어지게 하고 있다는 사실을 알았을까? 사실 난 그때마다 조금 무서웠기 때문에 목을 잔뜩 웅크리고 떨어지지 않으려고 애를 썼었고 그게 버릇이 되었다.

그런데 나랑 똑같이 귀염 받고 삼촌의 목말을 탔던 사촌오빠는 그 경험을 전혀 다르게 몸에 저장했고(야, 신난다! 더 높이 뛰어줘, 삼촌!) 시원하게 뻗은 목과 어깨 라인을 가진 훤칠한 청년으로 성장했다. 그러니까 나의 예쁘지 않은 상체 라인은 그 점원 탓도, 삼촌 탓도 아니다. 나의 겁 많은 성격이 근육의 습관으로 굳어져 몸도 겁먹은 표정을 짓고 있었던 것뿐이다.

다만, 우리는 우리 몸에 무슨 짓을 하고 있는지 알아야 한다.

뇌는 몸에게
'큐' 사인을 보낸다

"모델들이 패션쇼에서 '큐' 사인을 받는 것처럼,
배우들이 촬영장에서 '큐'를 받는 것처럼
우리 몸도 큐에 반응해요.
어떤 큐를 주느냐는 우리 몫이죠.
몸과 뇌는 서로 큐를 주거니 받거니 하며 우리를 만들어가요.
그래서 자기 이미지가 중요하다는 거예요.
큐를 받은 대로, 역할을 받은 대로
움직이게 되어 있으니까요."

우리 사회가 혹은 스스로가 가장 흔하게 던지는 큐는 '나이큐'다. "이제 넌 성인이야." 큐, "낼모레 마흔이야." 큐…. 나이큐를 받으면 우리 몸은 그 나이를 향해 움직인다. 스스로를 느끼는 방식, 스스로를 대하는 태도가 달라지기 때문이다. 가장 먼저 스스로에게 던지는 큐 사인을 바꾸어야 한다. 우리의 느낌과 기분이 달라져야 다르게 서고, 걷고, 앉을 수가 있다. 깃털처럼 가벼운 몸느낌을 갖고 싶다면 가벼운 기분, 가벼운 마음이 먼저다. 그리고 모든 배움이 그렇듯이 흉내 내는 것에서부터 시작한다. 걸음걸이를 가볍게 하고 가볍게 표정 짓고, 날아갈듯 가벼운 사람처럼 행동해보는 것이다. 비눗방울처럼 오똑 앉고 나부끼듯 걸어보자.

아름다움을 이야기할 때, 우리가 어떻게 보이는가를 가장 크게 결정짓는 것은 '뇌'다. 우리는 스스로를 느끼는 대로 행동하게 되어 있다. 그것이 뇌가 아름다움을 결정짓는 이유이다. 다르게 느끼고 다르게 움직이면 틀림없이 몸은 달라진다.《트랜스포밍 바디스Transforming Bodies》의 저자 스타인호프H. Steinhoff 박사는 이것을 '생각으로 하는 성형'이라고 불렀다. 칼을 대지 않고도, 운동이나 다이어트를 하지 않고도, 가장 확실하게 체형을 바꿀 수 있는 방법이 바로 뇌를 이용하는 것이다.

우리가 몸을 움직이는 방식은 엄밀히 말해 우리의 뇌가 움직이는 방식이다. 당신이 아침에 이불을 젖히고 몸을 어떻게 일으키는지, 스웨터에 어느 쪽 팔을 먼저 넣어 입는지, 커피에 설탕을 넣고 몇 번을 젓는지, 인사할 때 목을 얼마만큼 굽히는지를 뇌가 결정한다. 심지어 꿈을 꿀 때도 우리는 움직인다. 꿈속에서 일어나는 일들에 뇌가 반응하기 때문이다. 자고 있어도 몸은 뇌의 큐를 받아 깜짝 놀라거나 웅크리거나 도망치려 하거나 꿈틀대거나 벌떡 일어난다.

움직임은 뇌의 언어이다. 뇌가 스스로를 이야기하는 방식이다. 한창 자라는 아이들이 한순간도 가만히 있질 못하는 이유가 여기에 있다. 새로운 정보를 받아들여 뇌 안에 새로운 느낌의 통로를 만들 때 우리 몸은 반사적으로 어떠한 움직임을 하게 되어 있다. 어떤 식으로든 움직여야 그 정보가 몸에 입력이 된다. 스펀지처럼 새로움을 빨아들이는 어린아이들의 몸은 쉴 새 없이 움직이면서 새로움의 춤을 춘다. 배운다는 것은 굉장히 육체적인 활동이며 환골탈태를 경험한다는 뜻이다.

우리의 뇌는 지금 이 순간에도 진화하고 있다. 매 순간 새로운 경험을 받아들임으로써 뇌는 세상의 지도를 새롭게 그린다. 그 지도에 따라 우리는 삶을 경험하게 된다. 신경생물학자들이 과학적으로 이 과정을 입증한 바 있다.

몸을 새롭게 하기 위해 가장 먼저 필요한 것은 느끼고 생각하고 움직이는 새로운 패턴들이다. 앉는 법, 걷는 법, 서는 법이 그 기본이다. 그리고 그 모든 여정은 뇌로부터 시작된다. 뇌 안에 새로운 길을 내고 그 길을 통해 느끼고 움직이게 되면 몸의 구조까지 바뀐다. 우리에게 습관적으로 굳어진 움직임의 틀에서(누군가는 그것을 몸의 감옥이라고 불렀다.) 놓여나는 것, 전혀 자연스럽지 않은 자세를 자연스럽게 느끼는 몸의 착각으로부터 깨어나는 것, 나이가 들면 몸이 삐걱거리게 되어 있다는 미신으로부터 자유로워지는 것.

"왜 그랬어? 다시는 내게 그러지 마."

"하루에 30분씩 러닝머신 위에서 뛰고, 20분씩 웨이트 트레이닝을 하는데도 건강해지는 느낌이 들기보다는 더 피곤하기만 해요." 하는 말을 자주 듣는다. 혹은 "필라테스를 3개월이나 열심히 했는데도 별 변화를 못 느끼겠어요. 나랑 안 맞나 봐요." 하는 말도 못지않게 많이 듣는다. 하지만 중요한 것은 어떤 운동을 얼마나 오래 하느냐가 아니다. 그 운동을 어디에 집중하며 무슨 생각으로, 어떤 기분으로 하는가가 운동효과를 결정한다. 즉, 당신의 몸이 그 운동에 어떤 식으로 반응하는가에 초점을 맞춰야 하는 것이다. 그래서 때론, 당신에게 진정 필요한 것은 달리기나 근력운동이 아니라 평평한 바닥에 누워 척추를 펴는 것일 수 있다. 그리고 깊은 숨을 쉬면서 몸느낌을 되찾은 뒤 유유히 산책하는 것일 수 있다. 신경의학 전문가인 마이클 샤체터Michael Schachter는 그것을 "뇌에 녹색불을 켠다."고 표현했다.

"신호등에 빨간불과 녹색불이 들어오는 것처럼 우리 뇌에도 몸이 보내는 신호에 따라 다른 색깔의 불이 켜지게 되어 있어요. 몸이 스트레스를 받아서 근육이 경직되고 심장박동이 빨라지면 빨간불, 몸이 쾌적하고 안전하게 느껴서 릴랙스하게 되면 녹색불이 켜지죠. 그걸 레드존, 그린존이라고 부르는데 레드존은 긴장시스템Sympathetic nervous System, SNS이 지배하는 영역이에요. 싸우거나 도망쳐야 하는 영역이죠. 그린존은 릴랙스시스템Parasympathetic nervous System, PNS이 지배하는 영역으로 긴장이 풀리면서 편안해지는 영역이고요. 우리 몸은 느낌 혹은 기분이 이끄는 대로 이 두 영역을 온탕, 냉탕처럼 오가며 하루를 헤쳐 나가고 있어요."

"우리 몸의 지방이 타는 곳은 바로 이 그린존이에요. 뇌가 '안심해, 여긴 안전해.'라는 큐를 보내야 몸이 지방을 연소하기 시작하죠. 레드존에서는 몸이 지방 대신 글루코스를 태워요. 그러니까, 몸을 억지로 질질 끌고 가 고행처럼 해치우는 운동은 그렇지 않아도 스트레스 쌓인 몸에 더욱더 스트레스를 쌓아올리는 일일 뿐이에요. 레드존의 정중앙으로 몸을 끌고 가는 일이죠. 고통스러운 다이어트, 학대에 가까운 운동 뒤엔 반드시 요요가 뒤따라오는 것도 무리가 아닙니다. 그 모든 걸 레드존에서 해치웠기 때문이죠. 울며 보채는 어린 아기를 엄마 품에서 억지로 떼어낸 것과 같아요. 엄마도, 아기도 오래 버티지 못하죠. 필사적으로 다시 서로를 향해 달려가게끔 되어 있어요. 그러고 나면 어린아이는 더욱 강박적으로 엄마에게 매달리죠. 절대 한순간도 품에서 떠나려 하지 않을 거예요. 억지로 고통스럽게 살을 뺀 몸도 고집스럽게 과거의 체중으로 돌아가려 합니다."

어린아이와 몸이 우리에게 전하는 메시지는 같다.

"왜 그랬어? 다시는 내게 그러지 마."

때가 되면 자연스레 품에서 떨어져나갔을 아이였다. 몸과 마음이 안팎으로 균형을 찾아 불필요하다고 느껴지면 자연스레 덜어졌을 무게였다. 일단 몸을 그린존으로 데리고 가야 한다.

앉고 서고 걷는 자세에 공을 들이고 마음을 쏟는다는 것은 운동의 반대 개념이다. "고통 없인 얻는 것도 없다."는 현대 피트니스의 교리를 역행하는 일이기 때문이다. 땀으로 범벅이 되어 이를 악물고 마지막 한 세트를 해치운 뒤 장렬히 쓰러지는 것이 아니다.

고통은 움직임의 경계선이다. "이 테두리를 벗어나지 않으면 안전하고 편안하게 몸을 쓸 수 있습니다."라고 우리 몸을 설계한 DNA가 망을 쳐준 것이다. 그 테두리 안쪽이 그린존, 고통을 무릅쓰고 그걸 뚫고 나가면 레드존에 발을 디디게 된다. 잠깐씩 멈추고, 부드럽게 목을 꺼내고 꼬리를 드는 것은 그 테두리를 밟지 않고 존중하면서 그 안에서 편안해지려는 노력이다. 영역 안에서 충분히 익숙해지고 움직임이 세련되어지면 그린존의 테두리가 조금씩 넓어진다. 방에서만 놀던 아이가 자라면서 동네 골목으로, 학교로 활동 영역을 넓혀 나가는 것과 같다.

몸의 표정은 그런 식으로
생겨나고 굳어진다

최근 독일에서 한 실험에 따르면
보톡스 주사로 웃는 주름을 완벽하게 마비시켜버리면
뇌의 행복 호르몬 분비가 심각하게 방해받는다고 한다.
피실험자들은 처음 며칠간은
팽팽한 얼굴 모습에 만족감을 느꼈지만
곧 무덤덤하고 멍한 감정 안에 갇혀버리고 말았다.
그리고 평소보다 더 자주 우울감과 초조함을 느꼈다.
웃거나 미소 지을 때 쓰던 근육을 사용하지 못하면
그때 느끼던 감정도 출구가 막혀버리게 된다.

멋지게 보이는 가장 확실한 방법은 멋진 기분을 느끼는 것이다. 활기를 느끼는 순간 활기찬 사람으로 보이고, 주눅 들어 있는 사람은 아무리 멋지게 차려 입어도 초라하게 보인다. 더욱 놀라운 점은 그 몸느낌들이 쌓여간다는 점이다. 어릴 때부터 소심해서 늘 주눅 들어 지냈던 사람은 그 '주눅 든 자세'가 몸에 붙어버린다. 그래서 어딜 가든 구석 자리를 찾아 앉고 푸대접을 당연하게 받아들인다.

우리의 인상을 결정짓고 성격을 이야기하는 것이 바로 '버릇이 된 느낌'이다. 그리고 그 느낌을 느낄 때마다 취했던 자세다. 습관이 된 동작을 오랜 세월 반복하면서 특정 근육이 짧아지고 딱딱해진다. 뿐만 아니라 그 근육을 감싸고 있는 세포들까지 그 감정을 기억하고 익숙한 상태로 굳어버리게 되어 주눅 든 감정 이외에는 점점 더 느끼기 힘든 몸으로 변해버리게 된다. 몸표정이 시무룩해지고 그 몸이 느낄 수 있는 감정의 폭은 점점 좁아진다.

처음엔 그가 느끼는 대로 몸이 반응했다면 이제 몸이 반응하는 대로 느끼게 되어버린다. 그런 몸을 갖고 있으면 아무리 신나는 일들의 중심에 서 있어도 그것을 '신나게' 경험하지 못한다. 디즈니랜드에 간 관절염 앓는 노인처럼 굴게 된다. 활기찬 이들에겐 꿈과 환상의 도시이지만 그에겐 낯설고 귀찮고 시끄러운 북새통일 뿐이다. 그래서 주변 사람들에게 세상에 재미있는 일 하나 없는, 시들한 사람으로 낙인찍히게 되는 것이다.

'속이 좁은 사람'이란 말도 어떻게 보면 자신이 늘 쓰는 감정근육 안에 갇혀 있는 사람을 뜻하는지도 모르겠다. 특정한 기분을 반복해서 느끼고, 그 기분을 표현하는 방식이 굳어서 성격이 되어버리면 우리의 근육과 뼈와 신경과 세포들이 그 성격을 '받아들여'버린다. 독재자의 정책에 따라 국민들이 힌두교로 개종하듯이. 그래서 뼛속 깊이 우울한 사람이 있는가 하면 말단 세포까지 명랑한 사람도 있다. 게으른 엉덩이, 휴식을 모르는 다리도 있다. 이 모두가 우리 몸이 성격에 굴복하여 개종한 결과다.

결국 어떻게 움직이는가가 세상을 어떻게 경험하는가를 결정짓게 된다.

느끼는 체력을 기른다는 것

우리 몸은 건축물이라기보다는 자연 생태계에 가깝다. 피부로 둘러싸인 유기농 연못과 비슷하다고 생각하면 된다. 뼈와 근육과 장기, 혈관, 세포 하나하나까지 늘 일정한 온도와 습도를 유지하면서 그 안에 존재하는 모든 것들이 물에 젖어 있는 아열대성 늪지대와 비슷하다. 일반 연못과 다른 점이 있다면 우리 몸속의 따뜻한 물은 끊임없이 흐르고 있다는 점이다.

그리고 단순히 육체의 70%를 차지하는 H_2O만 흐르는 것이 아니라 느낌도, 생각도, 행동도 물을 타고 흐른다. 그 감각의 물길을 '신경'이라고 부르는데 나이가 들면서 반복으로 점점 더 깊이 파인 그 느낌의 물길은 좀처럼 바뀌지 않고 고정된다. 그래서 비슷한 경험이 입력되면 그 강은 습관적으로 포문을 열고 기억의 강물은 똑같은 물길을 따라 똑같은 감정들을 들쑤시면서 흘러 같은 장소에 고여야 잠잠해진다.

아장거리는 어린아이를 볼 때마다 시작되는, "네가 딱 저만 했을 때⋯."로 시작되는 엄마들의 레퍼토리를 막을 길은 없다. 이미 100번은 들었노라고 말하는 것은 아무 도움이 되지 않는다. 한 번 시작되면 굽이굽이 딸려 나오는 그 모든 사건들에 순서대로 다 분노하고, 미소 짓고, 한숨 쉬고 나서야 그 노래는 끝난다.

나는 엄마의 그 노래가 끔찍했다. 같은 이야기를 하고 또 하고. 어쩜 지치지도 않는지. 그러다가 내 안에도 지독하게 되풀이되는 수천 개의 노랫가락 들이 있다는 사실을 발견하던 날, 충격을 받았다. 나는 다만 누군가에게 소리 내어 이야기하지 않았을 뿐이었다. 하지만 내 몸은 듣고 있었다. 그리고 그 노랫가락에 맞춰 춤을 추고 있었다. 그때마다 움찔하고, 긴장하고, 갸웃하고, 늘어나고, 움츠러들고, 딱딱해지고 있었다. 내 몸의 표정근은 그런 식으로 생겨났고 굳어졌다.

우리의 몸은 뼈와 근육과 피지만, 그 몸을 타고 삶을 경험하고 있는 우리는 '움직임'이다. 그리고 그 움직임은 생각과 감정이 타고 흐르는 통로다. 생각과 행동은 꼬리를 문 뱀처럼 서로를 키운다. 행동은 생각에서 뻗어 나온 가지이며 생각은 거듭된 행동이 맺은 열매이기 때문이다. 행동을 바꾸려면 생각을 바꿔야 하고 행동이 따라주지 않으면 생각은 시들어버린다. 즉, 느낌과 움직임이 번갈아 꼬리에 꼬리를 물고 피드백을 주거니 받거니 하면서 끝없이 이어지는 게임인 것이다.

하지만 굳이 무엇이 먼저인지를 결정해야 한다면, 나는 생각의 손을 들겠다. 아니, 생각으로 바뀐 '느낌'이라고 해야 정확할 것이다. 몸감이 리더다. 바르게 느끼지 못하면 바르게 움직이지 못한다. 그리고 리더가 되기엔 몸의 근육은 너무 약하다. 어깨를 펴고 배를 집어넣고 고개를 들고 다니려고 노력해본 적이 있을 것이다. 그리고 그런 방식으로 자세 교정에 성공한 이는 굉장히 드물다. 몸을 그 틀에 맞추기 위해 근육을 긴장시킬 수밖에 없고, 근육은 몇 분 못 가서 지쳐버린다. 그래서 생각의 힘, 즉 느끼는 체력을 길러야 한다. 몸감은 느낌의 근육이다. 꾸준한 반복과 훈련으로 탄탄해질 수 있다.

시간과 공간, 세상과 그 안에서 흘러가는 사건들은 우리 몸을 통과한다. 시간이, 세상이 통과하는 것을 온몸으로 느끼면서 우리는 '살아가고' 있는 것이다.

세상을 통역하여 경험하는 데 뇌의 지적 영역만을 사용할 것 같은가? 사실 더 많은 부분을 우리는 몸으로 느끼고 이해하고 저장한다. 그것이 몸뇌이고, 몸뇌가 없이 우리는 삶을 경험하지 못한다. 기쁘고, 즐겁고, 슬프고, 굴욕적인 감정을 느끼는 것은 정신의 영역이라기보다는 몸이 경험한 몸기억의 영역이다.

서로의 언어를
이해하게 되는 날

몸은 국경지역과 같다. 우리 안의 생각, 감정, 영감 등을 바깥세상과 연결시켜준다. 그런데 우리 마음의 세관은 취향이 까다롭다. 모든 경험을 '안으로' 받아들이지는 않는다. 너무 고통스러워서 눈감아버린 순간들을 기억하는가? 너무 치욕스러워서 받아들이길 거부하고 돌로 눌러 놓은 경험들이 있지 않나? 이렇게 감지는 되었으나 받아들여지지 못한 경험들은 어느 나라에서도 받아들여지지 못하고 그 국경지역에 떠도는 난민으로 남는다. 그리고 끊임없이 구조를 요청한다. 이것은 피부 안쪽에서 나누는 내밀한 대화다. 마음은 몸의 말을 듣고, 몸은 마음에게 하소연한다. 오래 다른 나라에서 떨어져 지낸 쌍둥이처럼 처음엔 말이 잘 통하지 않겠지만 끈기를 가지고 계속 이야기를 주거니 받거니 하다 보면 서로의 언어를 이해하게 되는 날이 온다.

냉장고 문을
여는 것에 관한 진실

앉고, 서고, 걷고,

걷다가 멈춰 서고, 앉고, 다시 일어서고를

끝없이 되풀이하며 우리는 하루의 터널을 통과한다.

하지만 어떻게 앉았는지, 어떤 자세로 서 있었는지,

어떤 느낌으로 걸었는지를 기억하진 않는다.

당신은 에펠탑을 보러 갔다.

유명한 그 레스토랑에서 코스 요리를 먹었다.

벼르던 지리산 둘레길을 걸었다.

이제 우리의 추억 앨범에서 빠진 부분,

기념사진을 찍지 않는 부분, 일기에 적지 않고,

그림엽서에 쓰지 않는 그 부분을 이야기하자.

우리는 뼈 위에 옷을 입듯이 차곡차곡 근육을 입고 있다. 우리가 보통 근육이라고 부르는 바깥근육은 겉옷처럼 움직일 때 드러나 눈에 보이는 근육이다. 하지만 분명 그 안쪽에 속옷처럼 입고 있는 속근육이 있다. 뼈와 뼈 사이의 관절을 이어주고 심장, 간, 콩팥, 위 등 몸 깊은 곳의 장기들을 받쳐주는 근육이다. 속옷이 옷맵시를 결정하듯이 그 속근육이 자세와 몸표정을 결정한다. 몸 깊은 곳에서부터 우러나오는 건강함과 여유를 드러내는 것이다. 고급 코르셋을 입은 것처럼. 그래서 그것을 '코르셋 효과'라고 부른다.

촛불을 불어 끌 때, 높은 선반에서 무언가를 꺼낼 때, 재채기를 할 때, 셔츠를 머리 위로 벗을 때 우리는 아주 잠깐씩 그 코르셋을 입는다. 가볍게 기침을 한 번 해보기 바란다. 그때 횡격막이 올라가면서 몸통을 홀쭉하게 조이는 그 근육들이 바로 우리가 몸 가장 안쪽에 입고 있는 속옷근육, 코르셋이다. 영화 '바람과 함께 사라지다'에서 스칼렛 오하라가 하녀의 도움을 받아가며 조이던 구식 코르셋을 생각하면 쉽다. 골반이 시작되는 부분부터 가슴 바로 아래쪽까지를 여러 가닥의 실처럼 얽혀 받치고 있는 섬세한 근육들이 그것이다.

그 코르셋은 갈비뼈부터 배, 엉덩이까지를 감싸 중력으로부터 들어올려준다. 그리고 그렇게 함으로써 어깨와 뒷목을 편안하게 늘어뜨리고 쉴 수 있게 해준다. 그래서 발레리나들이 한결같이 긴 목과 셀룰라이트 없는 어깨를 갖고 있는 것이다.

오페라 가수들과 연극배우들에게 '무대 자세'를 가르쳐온 움직임 전문가 쥘은 그 코르셋을 입은 채로 30년을 지냈다. 그뿐만 아니다. 쥘은 예순이 넘은 나이에도 투명한 피부를 간직하고 있었다.

"주욱 펴진 몸통을 생각하고 느껴서 그 메시지를 몸에 보내는 것은 디톡스 효과가 뛰어나요. 납작하게 눌려 있던 갈비뼈 사이의 공간들과 복근을 펴게 되면 오래된 저택에 창문과 문을 활짝 연 것처럼 흉강과 복강이 시원스레 열리면서 바람이 통하게 되죠. 숨쉬기가 놀랄 만큼 쉬워져요. 우리 몸에서 이루어지는 디톡스의 70%는 호흡을 통해 이루어진다는 사실을 아세요? 가슴과 배의 공간을 열어서 호흡을 시작하면 그 디톡스 작용이 엔진을 단 것처럼 활발해져요. 양파와 브로콜리를 갈아 만든 디톡스 주스보다 훨씬 효과가 좋은 게 깊은 숨이라는 사실을 기억하세요."

"꼬리부터 시작하면 모든 것이 쉬워져요."

"이제 연습을 시작할까요?"

쥘은 탁자 위에 있던 묵직한 책을 바닥에 떨어뜨렸다. 나는 그게 무얼 뜻하는지 알았다. 그녀는 내가 앉아 있던 의자에서 일어나 걸어가서, 몸을 숙이고, 무릎을 굽혀서 책을 든 뒤, 그 책의 무게와 함께 다시 몸을 펴고 일어서는 과정을 보고 싶은 거였다.

지금까지 아무렇지도 않게 해왔던 그 단순한 동작들이 갑자기 공중제비를 넘는 것처럼 느껴졌다. 몸에 수천 개의 촉수가 돋아난 것 같았다. 게다가 그 모든 촉수들의 끝에는 카메라가 달려 있었다. 어쨌든 해야 했다. 나는 방금 출고된 로봇처럼 안쓰러울 만큼 애를 써서 책을 집어 들었다.

"틀에 갇혀 있어요. 동작들이 모두 딱딱하고 네모난 틀 속에서 굳어 있다고요. 한 번도 그 틀 밖으로 나가본 적 없죠? 스스로를 가두어온 움직임의 틀에서 걸어 나오는 것부터 시작해봅시다."

그녀는 책을 주워드는 것조차 내게 너무 어려운 레벨이라고 판단을 내렸는지 다시 한 단계 수준을 낮춰주었다.

"냉장고 문 여는 법부터 다시 배워야 할 것 같군요."

쥘에 따르면 냉장고 문을 여는 것은 쉬워 보이지만 몸

의 큰 근육을 모두 사용하면서 힘의 강도와 타이밍을 조절해야 하는 고난이도의 동작이라고 했다. 냉장고 문이 공기의 압력을 이용해서 여닫도록 되어 있기 때문이다. 그래서 아주 어린 아이들, 혹은 개들(아무리 크고 힘센 개라 해도)은 냉장고 문을 잘 열지 못한다. 나도 이따금씩 아주 피곤할 때면 냉장고 문 여는 것이 버겁게 느껴질 때가 있다.

"우리는 동작을 오해하고 있어요. 실제로 냉장고 문을 여는 것은 우리가 말하는 '코르셋', 혹은 흔히들 '코어'라고 불리는 몸통 속 깊은 근육인데 우리는 손으로, 좀 더 정확히는 손가락 힘으로 연다고 생각하죠. 손과 손가락은 그 힘을 냉장고 문까지 전달하는 통로일 뿐인데. 그래서 하루에도 수십 번씩 손목과 손가락을 혹사하게 돼요."

그 말을 듣는 동안 움직임의 중심이 손에서 척추로, 꼬리뼈로 이동하는 게 느껴졌다.

"거의 모든 움직임들은 꼬리뼈에서 시작됩니다. 그걸 알고 느끼는 게 중요해요. 꼬리뼈에서 시작된 움직임이 고속도로처럼 척추를 타고 양팔과 다리, 목으로 전달되는 모습을 그려보세요."

일단 냉장고 앞에 선다. 너무 가깝지 않게, 팔을 쭉 뻗어야 닿을 만한 거리를 두고 선다. 그리고 꼬리뼈에 의식을 집중한다. 거기서부터 움직일 마음의 준비를 하는 것이다. 무릎에 힘을 빼고 헐렁하게 굽힌다. 그 상태로 팔을 뻗어 냉장고 손잡이에 손가락을 건다. 그냥 고리가 달린 막대처럼 걸어만 둔다는 느낌이다. 손가락엔 힘이 들어가 있지 않다. 이제 눈을 감고 꼬리뼈를 천천히, 지긋이 뒤로 빼면서 냉장고 문이 열릴 때까지 '기다린다.' 쥘은 실제로 그렇게 표현했다. 움직임을 꼬리뼈에 머금고 있다가 팔 쪽으로 밀어보낸 뒤 기다리면 된다고. 누군가가 뒤에서 허리 부분을 끌어안고 당겨주는 상상을 하는 것도 도움이 된다. 핵심은 손으로 열려고 하지 않는 것이다. 나는 시키는 대로 꼬리를 뒤로 빼면서 기다렸다.

냉장고문은 놀랄 만큼 가볍게 열렸다. 너무 쉽게 열려버려서 하마터면 엉덩방아를 찧을 뻔했다. 난 머릿속에서 무언가가 찰칵 맞물리는 소리를 들었다.

"놀랍죠? 우린 아직 꼬리 달린 동물이란 걸 잊지 마세요. 꼬리부터 시작하면 모든 것이 쉬워져요. 꼬리 쓰는 법을 일단 익히고 나면 매일 놀랄 일들이 생길 거예요."

꼬리뼈가 내 가슴속으로 쑤욱 들어오는 순간이었다. 꼬리뼈. 자세 프로젝트에서 가장 중요한 한 가지를 선택하라면 단연 꼬리뼈다. 항상 마음이, 생각이, 움직임이 꼬리뼈로 돌아와야 한다. 이것은 몸으로 하는 명상이기도 하다. 어떠한 움직임을 하더라도 그 움직임이 꼬리뼈에서 시작되어 퍼져나간다고 상상하고 실제로 그렇게 되도록 해야 한다. 그러면 몸의 다른 부분들이 불필요한 긴장을 풀고 릴랙스할 수가 있다. 우리 몸에서 가장 힘을 쥐고 있는 포인트가 바로 꼬리뼈이기 때문이다. 꼬리뼈를 다치면 손가락 하나 까딱하기도 힘들다. 어깨가 뻐근하고 허리에 무리가 가는 것 같으면 꼬리뼈에 힘을 주어보자. 파워풀한 그 작은 거인이 모든 부담을 즉시 떠맡는 것을 느낄 것이다.

　"고양이나 여우가 꼬리를 사뿐 들고 살랑살랑 흔들며 걷는 모습을 보면 기분이 좋아지죠? 우리도 그렇게 걸어야 해요. 창틀에 앉아 있는 고양이가 가장 우아해 보이는 순간도 꼬리를 들고 있을 때죠. 꼬리를 깔고 앉는 고양이나 여우를 본 적이 있나요?"

꼬리뼈에 힘을 준 상태에서 배가 나오기는 아주 힘들다. 한 번 상상의 힘으로 시도해보기 바란다. 당신은 지금 항문에 3캐럿짜리 다이아몬드를 숨기고 공항 검색대에 서 있다. 꼬리뼈 주위의 근육이 조여들면서 몸속 가장 깊은 근육들을 총동원하여 다이아몬드를 깊숙이 빨아들일 것이다. 꼬리뼈로부터 손이 뻗어 나와서 속근육들을 꽈악 움켜쥐는 것 같은 느낌이다. 다이아몬드를 품은 채로 고개만 살짝 돌려 거울을 보라. 아직도 출렁이는 뱃살이 보이는가?

핵심은 배를 집어넣는 것이 아니다. 꼬리뼈로 빨아들이는 것이다.

내가 살고 있는 골드코스트의 한 댄스 컴퍼니에서 뮤지컬 '캣츠'를 공연한 적이 있었다. 마침 내 친구 중 한 명이 그 댄스 컴퍼니 소속이었기 때문에 나는 종종 그들이 연습하는 것을 구경하러 가곤 했다. 그런데 아직 정식으로 연습이 시작되기도 전, 몸풀기를 할 때부터 댄서들이 모두 엉덩이에 꼬리를 달고 있는 점이 재미있었다. 내 친구도 길고 털이 북슬북슬한 꼬리를 늘어뜨린 채 내게 손을 흔들었다. 그는 기차를 모는 기관사 고양이 스킴블Skimble 역을 맡고 있었다.

"왜 다들 벌써부터 꼬리를 달고 있는 거야?"

그는 웃었다.

"벌써라니? 우린 꼬리를 달고 태어났는걸?"

그는 말했다.

"캐스팅이 결정되자마자 제일 먼저 꼬리를 나눠줬어. 꼬리의 기억을 되살리라고 하면서. 고양이가 되어 춤을 추려면 가장 중요한 게 꼬리에 익숙해지는 거라서 말이야. 그냥 맨몸으로도 춤을 추는 건 어렵잖아. 거기에 다리 하나가 더 붙는다고 생각해봐. 우린 아예 꼬리를 단 채 태어났다고 생각하는 편이 쉽다는 걸 깨달았어."

그들은 꼬리를 단 채 슈퍼마켓에 가고, 버스를 타고, 집에서도 꼬리를 단 채로 TV를 보고 설거지를 한다고 했다.

"그런데 신기한 게, 꼬리를 달고 지내면서 오래 전부터 아프던 허리가 깨끗이 나았단 거야."

그는 어느덧 꼬리의 광팬이 되어 있었다. 점프를 하거나 턴을 할 때마다 허리가 떠안던 부담을 꼬리로 분산시킨 덕분이었다. 그는 친구들이 몸이 쑤셔서 꼼짝하기 싫다고 하거나 기분이 울적하다고 할 때면 이렇게 말해준다고 했다.

"헤이, 꼬리를 흔들어봐! 그럼 모든 것이 변해."

Chap. 13

고개를 드는 기술 :
귀는 세우고 혀는 눕히고

"하지만 우리가 느끼는
조급함의 97%는 습관적인 감정입니다.
실제로 급히 서둘러야 할 상황은
3%도 채 되지 않아요."

"우리의 기분은 척추에서 뻗어 나옵니다. 매 순간 척추의 모양이 감정의 모양을 결정하지요."

도니 엡스타인Donny Epstein 박사는 〈NSP Network Spinal Analysis〉를 통해 이렇게까지 말한 바 있다. 수십 년간의 연구를 통해 그는 척추가 우리의 반응방식에 결정적인 영향을 미친다는 사실을 발견해냈던 것이다. 우리가 살아가는 매일매일은 반응의 게임이다. 항상 무슨 일인가가 일어나고, 세상은 돌아가고, 서로 부딪히고, 우리는 반응한다. 시간은 빠르게 흐르고 우리는 빠르게 반응한다. 그 반응하는 방식이 우리의 가치관이며 성격이다. 똑같은 상황 속에서 웃어넘기는 사람의 척추와 화가 나서 어쩔 줄 모르는 사람의 척추는 다르다.

몸과 자세에 관한 이야기를 하다 보면 결국 머리를 척추 위에 얹는 이야기로 끝을 맺게 된다. 우리는 평생 동안 가느다란 막대 끝에 접시를 올린 채 앉고, 서고, 걷는 서커스를 하면서 살아가고 있다. 다만 서커스의 어릿광대와 다른 점이 있다면 우리가 가느다란 척추 줄기 위에 올려놓는 것은 접시가 아니라 묵직한 볼링공이며(성인의 평균 머리 무게는 5~7kg이다.), 그 공이 척추 끝에 단단히 묶여 있다는 점이다. 그러니 우리는 그 공이 떨어져 깨질 염려를 하지 않아도 된다.

하지만 또 바로 그렇기 때문에 더 많은 심각한 것들을 염려해야 한다. 가장 무겁고 커다란 덩어리가 꼭대기에 얹어져 있으니 조금만 균형이 흔들려도 그 볼링공은 굴러 내리게 되어 있다. 그것도 혼자서 깔끔하게 굴러 내리는 것이 아니다. 자세와 건강과 몸매를 무너뜨리면서 굴러 내린다. 뼈와 근육으로 촘촘하게 연결된 목과 척추와 골반까지 몰락에 끌어들이기 때문이다. 그것은 시간을 두고 천천히, 그러나 확실하게 일어나는 재앙이다.

그래서 모든 자세의 마스터들, 움직임을 교정하는 전문가들은 단 한 순간도 머리에서 눈을 떼지 않았다. 그리고 우리가 의식적으로 머리를 더 무겁게 만드는 습관들을 경계했다. 많은 사람들이 그야말로 '맨땅에 헤딩하듯' 살고 있다. 흥미 있는 것을 발견하면 우리는 본능적으로 머리를 들이민다. 남녀가 카페에 앉아 있는 모습을 보아도 언제나 더 관심 있는 쪽이 머리를 상대 쪽으로 더 기울이고 있게 마련이다. 마음이 조급하고 어딘가로 빨리 움직여야 할 때도 우린 머리부터 돌진한다. 서둘러 걷고 있는 사람을 관찰해보라. 틀림없이 머리가 발보다 앞서 걷고 있을 것이다.

자세를 망치는 가장 큰 적은 그 조급함이라고 쥘은 말했다.

"정말로 급박한 상황에서는 서둘러야겠지요. 하지만 그 서두름이 라이프스타일로 굳어지는 게 문제에요. 우리는 아주 어릴 때부터 조급함을 배웁니다. 매일 아침저녁으로 부모들이 조바심치며 살아가는 모습을 보며 자랐고, 학교 선생님들도 친구들도 되도록 빨리 지금 하고 있는 것을 해치우고 다른 것을 시작하라고 우릴 재촉했죠. 인생은 응급상황이 아니에요. 그런데도 우린 응급실 스텝처럼 움직이도록 교육받아 왔어요. 움직여, 움직여! 또 다른 응급환자가 들어왔다. 더 급한 환자야. 더 빨리! 시간이 없어!

늘 그렇게 지내다 보니 그게 습관이 되어 휴가차 떠낸 여행조차 응급상황처럼 급박하고 효율적으로 처리하는 사람들이 많아요. 느긋하게 즐기는 것이 아니라 최대한 많은 것을 보고, 낭비되는 돈이 없도록 최대한 많은 경험을 '해치우는' 거죠. 그리고 휴가가 끝나면 안도의 한숨을 내쉽니다. 휴우 살았다. 이제 좀 쉴 수 있겠네."

머리를 가볍게 하는 가장 좋은 방법은 귀를 세우는 것

이다. 고개를 드는 것이 아니다. 귀를 들자. 흔히 "고개 들라."는 말을 들으면 턱을 치켜든다. 그것은 뿌리 깊은 오해다. 턱은 얼굴의 시작점일지 몰라도 머리의 시작점은 아니기 때문이다. 귀는 턱보다 척추에 가깝다. 그리고 정확히 두개골이 시작되는 지점, 머리의 양옆에 손잡이처럼 달렸다.

"모델 스쿨에서 흔히 '정수리에 실을 매달아 위로 당기는 것처럼 서라.'는 말을 하죠? 정수리를 당기면 어깨에 힘이 들어가고 턱이 치켜 올라가기 쉬워요. 어설프게 자세교정을 받은 사람들이 흔히 저지르는 실수가 바로 그거죠. '애쓰고 있다.'는 느낌이 역력해서 보는 사람까지 힘들게 만드는 그런 자세."

쥘이 이렇게 말했을 때 나는 뜨끔했다.

"이젠 두 귀에 실을 매달아 당긴다고 상상해보세요. 훨씬 안정감 있게 머리가 둥실 떠오르면서 뒷목이 펼쳐지죠? 아니, 턱은 내버려두세요. 안으로 조금 당겨진 지금 그 상태가 맞아요."

그 말을 마치고 나서 쥘은 내게 다가와 내 양쪽 귀 아래, 턱이 시작되는 부위에 손가락 끝을 갖다 대더니 말했다.

"맙소사, 혀를 꽉 움켜쥐고 있군요. 혀에 힘 푸세요. 혀가 입안에서 푹 퍼지게 내버려두세요. 침대 위에 벌러덩 눕는 것처럼. 당신 턱이 각지고 딱딱해 보이는 게 당연해요.

입안이 긴장으로 가득 차 있잖아요. 잇몸도, 이도, 입술도 그냥 좀 내버려둘 수 없나요?"

또 듣고 말았다. '좀 내버려둬.'라는 말. 나는 아무래도 무엇이든 움켜쥐고 안절부절못하는 타입인가 보다. 이 '쥐는 버릇'을 어떻게 고쳐야 하나?

그녀는 입안의 긴장을 푸는 요령을 하나 가르쳐주었다.

"입안에서 미소를 지어보세요. 다른 이에겐 말 못할 좋은 일이 생겼을 때 혼자 입속으로만 웃는 느낌 알죠? 그러면 양쪽 광대뼈가 올라가면서 입천장이 살짝 들리고 어금니의 긴장이 풀려서 입안이 옆으로 넓어지죠. 그다음 혀뿌리의 힘을 풀고 혀가 촉촉하게 젖어들 때까지 기다리세요. 넉넉해진 공간 속에 혀가 편안하게 부풀어 올라 입안에 누워 있는 걸 느껴보세요."

혀에 힘을 풀 수 있다는 걸 몰랐다. 이와 잇몸과 입천장을 릴랙스할 수 있다는 것도 몰랐다. 그리고 그렇게 하자 당장 뒷목이 편안해졌다.

Chap. 14

걷기의 기술 :
노련한 뱃사공처럼 유유하게

우리가 지금껏 해온 것들과 지금 하고 있는 것들은
우리에게 라벨을 붙인다.
직업이라고도 부르고 경력이라고도 부른다.
선생님, 씨름선수, 의사, 택시 운전사, 판사,
배관공, 발레리나, 목수, 농부, 회사원, 가정주부….
그런데 또 다른 말로는 우리가 '걸어온 길'이라고도 부르지 않는가.

삶이 던지는 온갖 돌멩이들을 피해가면서, 때론 맞아가면서 우리의 걸음걸이는 독특해진다. 당신과 내가 걷는 방식은 지문처럼 다르다. 심지어 어떤 이는 말투와 걸음걸이, 단 2가지만 보면 그 사람의 인생을 간파할 수 있다고까지 했다. 특히 영어권 사람들은 말투에서 많은 정보를 읽어내는 데 익숙하다. 당신이 어느 지역 사람인지, 사회적으로 어느 계층에 속해 있는지, 교육 수준이 어떤지조차 악센트와 억양, 입술을 움직이는 방식에 묻어 나오기 때문이다. 그래서 '옥스퍼드 영어', '슬럼가 영어'라는 말까지 생겼다.

우리의 말투에 영향을 미치는 거의 모든 것들이 똑같이 우리의 걸음걸이에 관여한다. 하지만 걷는 방식에 비하면 말하는 방식은 훨씬 단순하게 결정되고 또 그만큼 쉽게 교정된다. 그래서 마음만 먹으면 사투리를 고치거나 부정확한 발음을 교정하는 것은 큰 문제가 아니다. 그런데 걸음걸이를 고치려면 그보다 훨씬 힘이 든다. 많은 시간과 공을 들여야 한다. 우리가 걷는 방식에는 상상을 초월할 만큼 많은 것들이 관여하고 있기 때문이다.

우리의 타고난 신체 사이즈와 유전적인 조건으로부터 시작해서 걸음마를 배울 무렵 보고 머릿속에 각인된 가족들의 걸음걸이, 기저귀의 두께, 보행기의 높낮이, 아기신발의 디자인까지 우리가 평생 몸을 움직이는 방식에 지울 수 없는 흔적을 남긴다. 거기까진 아직 시작에 불과하다. 유아기를 지나 혼자 자유롭게 몸을 움직이게 되면서부터는 우리가 좋아하는 놀이, 자주 가는 곳, 컴퓨터 게임, 그 게임을 하는 자세가 끼어들고, 어른이 되면 직업, 인간관계, 성격, 친구들의 성격까지 우리의 걸음걸이에 손을 댄다. 좋든 싫든 가장 자주 반복해서 취하는 동작들이 뼈와 근육에 각인되고 습관으로 굳어져 당신의 걸음걸이가 된다.

걸음걸이는 몸으로 하는 사인이다. 카드로 결제를 하듯, 우리는 몸을 움직여 많은 것들을 결제하며 살아간다. 만약 우아한 걸음걸이를 가졌다면 아마 당신은 지금껏 알게 모르게 많은 것을 덤으로 얻으며 살아왔을 것이다. 몸이 주는 느낌은 당신이 지갑을 꺼내기도 전에 결제해버린다. 미묘하고, 보이진 않지만 중요한 것들을. 왠지 느낌이 좋은 이를 대할 때 우리가 베푸는 호의를 생각해보자.

도장 찍지 말고 노를 저어라

그렇다면 어떻게 걸어야 할까? '걷는다'는 동작의 이미지를 바꾸는 것부터 시작하자. 지금껏 발바닥으로 땅 위에 도장을 찍듯 터벅터벅 걸어왔다면, 이제 공기 속을 노 저어 간다고 느끼는 것이다. 두 다리를 노 삼아 우리는 지면 위를 떠다닌다. 노가 길수록, 노 젓는 이가 능숙할수록 배는 힘 들이지 않고 유유히 나아간다.

다리를 길게 쓸 수 있는 방법이 있다. 다리를 길게 느끼는 것이다. 보통 우리 머릿속에 있는 몸지도에는 다리가 실제보다 훨씬 짧게 그려져 있다. 엉덩이 아래에서 시작되어 정강이와 발목 사이 어딘가에서 끝나버린다. 하지만 실제의 다리, 즉 우리 몸을 저어가는 노는 꼬리뼈 양쪽에서 시작되어 발꿈치 아래 5cm까지 뻗어 있다. 움직임이 시작되는 지점부터 그 에너지가 끝나는 점까지가 다리라고 보면 쉽다. 그리고 그 노의 손잡이를 쥐고 있는 것은 물론 꼬리뼈이다. 꼬리뼈가 양손으로 오른쪽과 왼쪽 골반부터 시작되는 2개의 노를 쥐고 번갈아 저어서 공기를 헤쳐 나간다.

지금껏 볼품없이 종종걸음 쳐왔던 짧은 노를 던져버리고 시원스레 쭉 뻗은 긴 노를 쓰는 법을 익히자. 물론 길이가 다른 노를 다루는 방식을 익힐 때까지는 시간이 조금 걸리겠지만 일단 요령을 몸에 붙이게 되면 전혀 다른 차원의 속도와 여유를 경험하게 될 것이다.

갑자기 노가 길어졌다. 당장 노를 저어 가기엔 무리가 있다. 그렇다면 먼저 그 길이감에 익숙해져보자. 당신이 오른발잡이라면 오른발을 앞으로, 왼발잡이라면 왼발을 앞으로 한 발짝 내딛는다. 일단 머리를 띄운다. 그 상태에서 체중을 앞으로 내딛은 다리에 싣고 그쪽 골반부터(꼬리뼈 옆) 발꿈치 아래 5cm까지 죽 뻗은 선을 느낀다.

평소에 쓰던 다리보다 20cm 정도 길어진 다리를 느끼면서 10초 정도 머문다. 두 다리를 곧게 뻗은 그대로 체중만 뒤쪽 다리로 옮긴다. 똑같이 그 다리의 새로운 길이를 느끼며 10초. 이번엔 조금 속도를 내어 약 5초씩 앞뒤 다리로 체중을 옮겨본다. 반복할 때마다 머무는 시간을 3초, 1초로 줄여가면서 속도를 높인다.

갈까 말까 망설이는 듯한 움직임이다. 그 움직임의 중심에는 꼬리뼈가 있다. 속도를 보태어 가면서 갈까 말까 하는 중에 동작에 탄력이 붙으면 두어 발자국 앞으로 전진해본다. 하지만 두세 발자국을 넘기기 전에 다시 멈추어 서서 갈까 말까 하는 동작을 한쪽 다리씩 가다듬는 것이 중요하다. 인내심을 가지고 10초부터 다시 시작해서 동작에 탄력을 붙여 두세 걸음 걸어 나가기를 반복한다.

당신이 제대로 하고 있는지 확인하고 싶다면 한참 연습하고 나서 몸의 어느 쪽이 뻐근한지 느껴보면 된다. 등, 엉덩이, 허벅지 뒤쪽이 탄탄하게 조여진 느낌이라면 성공이다. 뒤쪽 근육으로 걷는 법을 몸에 붙이고 나면 걸으면서 만드는 실루엣이 달라진다.

이렇게 걷기 시작하면 한 걸음 한 걸음이 힙업운동이 된다. 뒤태를 가꾸는 데 이보다 더 좋은 방법은 없다.

그리고 보너스. 마시멜로우를 준비하자. 나는 걷는 게 피곤하게 느껴질 때마다 척추 사이사이, 꼬리뼈와 골반뼈 사이, 무릎뼈 사이에 마시멜로우를 가득 채워 넣는다. 뻣뻣하게 느껴지는 부분에도 상상으로 마시멜로우를 끼워 넣는다. 생각만으로도 그 말랑거리는 공간을 느낄 수 있다. 한 걸음 한 걸음 내디딜 때마다 뼈마디를 채우고 있는 마시멜로우를 느끼면서 흔들흔들 폭신폭신 걷는다.

건강한 자세를 가진 사람은 쉽게 움직인다. 팔과 다리가 몸통으로부터 시원스럽게 뻗어 나와 매끄럽게 걷고, 가볍게 물건을 들어 나른다. 보고 있으면 편안하고 기분이 좋다. 그들은 힘들이지 않고 중력을 타고 흐르듯이 걷는다. 공기 위에 떠다니는 듯한 느낌조차 든다. 일단 그런 걸음걸이를 몸에 붙여 습관이 되고 또 자연스러워지면, 그걸 바탕으로 꽃이 피듯 몸느낌이 풍부해진다. 움직임에 표정이 생기는 것이다. 표현력 있고 임팩트 있고, 호소력 있는 사람이 된다.

왠지 모르게 설득력 있는 사람을 잘 살펴보면 움직임이 다르다는 것을 알 수 있다. 똑같은 말을 해도 그 사람이 하면 훨씬 옳게 '느껴지고', 그의 말을 따르고 싶은 '기분'이 든다. 쥘은 그것을 '몸이 유창해진다.'고 표현했다. 보통 유창하다는 형용사는 말하는 방식에 붙는다. 동사와 명사, 부사를 자유자재로 다루어 쉽고도 또렷하게 자신이 뜻하는 바를 표현해내는 언어의 기술. 몸을 유창하게 쓰는 이가 몸을 움직여 무언가를 하면, 어떤 유창한 말보다 더 깊은 인상을 남긴다.

스포츠 스타가 달리는 모습, 빼어난 춤꾼의 춤사위에 넋을 놓고 빠져드는 것은 웅변가의 연설에 빠져드는 것보다 쉽다. 즉각적이고 온몸이 공명한다. 그들의 몸이 그려내는 유창한 메시지에 우리 몸이 설득당해버린 것이다. 논리도 근거도 필요 없다. 그냥 저 몸이 하는 말에 고개를 끄덕이게 된다.

앤서니 홉킨스처럼 연기의 폭이 넓은 배우들은 유창할 뿐만 아니라 외국어에도 능한 몸을 갖고 있는 듯하다. 그가 맡은 역할의 성격이 바뀌면, 그의 뼈와 근육들도 모조리 성격을 바꿔버린다. 근육이 접히고 펴지는 방식, 눈꺼풀을 깜박이는 방식, 걸을 때의 무게중심 축까지 또 다른 종교로 개종한다. 같은 사람이라고 생각할 수 없다.

유창하게 움직이기 위해 몸이 외워야 할 2개의 새로운 단어가 있다. '꼬리감'과 '날개감'이다. 그런데 꼬리와 날개, 둘 다 몸의 뒤쪽에 붙어 있다는 점이 재미있지 않은가?

이제 몸의 뒷면으로 거울을 돌리자. 삶은 우리 '앞에서' 일어나기 때문에 우리는 날개를 잊고 꼬리를 잊었다. 밥상은 언제나 우리 '앞에' 놓이고 '앞으로' 해야 할 일들을 걱정하며 '앞으로' 걸어간다. 그래서 우리는 몸을 앞으로 쓴다. 마음의 바람이 언제나 앞을 향해 부는 것이다. 고개를 앞으로 숙이고 팔을 앞으로 뻗고, 다리와 발을 앞으로 내딛으며 우리 앞의 삶을 끌어안는다. 그리고 바람 부는 쪽으로 휘어진 절벽 위의 나무처럼 우리 몸은 점점 앞으로 구부러진다.

'꼬리감'을 키워보자. 지금껏 잊어왔고, 그래서 사용하지 않았던 꼬리가 다시 돋아났으니 처음 한두 달 정도는 익숙해지는 데 투자해야 한다. 꼬리의 감수성을 키우기 위해서 틈틈이 연습해둬야 할 테크닉을 소개한다.

일단 온몸을 헐렁하게 하고 선다. 만약 지금 앉아 있다면 일어설 필요 없다. 그냥 의자 끄트머리로 옮겨 앉기만 하면 된다. 옮겨 앉는 중에 꼬리를 뒤로 뺀다. 두 발바닥은 안정적으로 바닥을 딛고 엉덩이는 의자 끝에 대고 걸터앉은 느낌이다. 여기까지 준비가 됐으면 귀를 쫑긋 세워서 머리를 위로 띄운다. 두 어깨는 주르륵 가슴까지 미끄러뜨린다. 귀부터 어깨까지 1m쯤 떨어진 느낌이 든다면 당신은 천재다. 얼굴에서 광대뼈를 들어 올려 미소 지으면서 혀를 편안히 눕힌다. 척추 마디마디, 골반과 무릎과 발목에 마시멜로우를 끼워넣어 뼈들이 폭신하고 편안하게 얹혀 있게 한다.

그 상태에서 눈을 감는다. 꼬리뼈로 온 마음을 보낸다. 꼬리뼈가 엄지손가락 굵기의 크레파스라고 상상한다(각자 좋아하는 색을 고르면 된다. 나는 개인적으로 파란색을 즐겨 쓴다). 그 크레파스로 가만히 동전 크기만 한 원을 그려보자. 1원짜리 동전 크기 정도면 충분하다. 다른 사람은 눈치채지도 못할 정도로 천천히, 아주 살짝 조그만 동그라미를 그리면 된다. 앉아서도 그릴 수 있을 만큼 미세한 움직임이다. 거의 몸 안에서 이루어지는 동작이기 때문에 그 동그라미는 골반 안쪽에서 느껴질 것이다.

여기서 중요한 것은 엉덩이로 크레파스를 쥐려고 하지 않는 것이다. 모든 것이 헐렁하고 느슨하다. 오로지 꼬리만 움직인다. 검지손가락처럼. 이 동작이 힘들지 않고 즐겁게 느껴지면 성공이다. 동그라미를 성공적으로 그렸으면 이번엔 점을 찍어보자. 크레파스로 콕 찍어 도화지 위에 점을 찍듯이 꼬리뼈를 공기 중에 콕 찍는 느낌이다. 이때도 역시 엉덩이와 척추는 릴랙스한 상태다. 꼬리뼈가 혼자 살아서 점을 찍고 돌아온다.

원을 그리는 것이 좌우 위아래로 움직이는 연습이라면 점을 찍는 것은 앞뒤로 움직이는 연습이다. 그리고 이 꼬리로 그리는 그림은 잘 그리는 게 중요한 게 아니라 쉽게 그리는 게 중요하다. 새로 돋은 꼬리를 아무렇지도 않게 자유자재로 흔들고 세우는 것이 목표다. 그렇게 되면 걸을 때 꼬리를 흔들 수 있다.

이것은 내 안에서, 나만 알게 일어나는 춤이다. 당신은 그저 몸이 가벼워서 날렵하게 걷고 있는 건강한 사람으로 보인다. 왠지 몸느낌이 경쾌해서 사람들은 당신에게 '뭔가 좋은 일이 있나 보다.'라고 생각할 수도 있다. 하지만 그 경쾌한 걸음걸이의 중심에는 자유롭게 흔들리는 꼬리뼈가 있고 그 꼬리뼈가 밀어낸 리듬을 따라 길게 늘어난 다리가, 척추가, 날개뼈가 그리는 크고 우아한 선들이 있고, 그 움직임의 선 끝에 매달려 편안한 분위기를 빚어내는 머리와 손과 발이 있다는 사실을 쉽게 눈치 채진 못한다.

꼬리를 달았으니 이제 날개 이야기를 해보자. 먼저 오른손을 높이 들어본다. "저요!"라고 할 때처럼. 방금 당신은

'손을' 들었을 것이다. 그러니까 당신은 손을 따라갔다. 손이 맨 앞에서 동작을 이끌었다. 손이 힘을 받아 위로 솟구치면서 팔과 어깨를 끌어올린 것이다. 그 손을 내리고 다시 한번 해보자.

똑같은 동작을 이번엔 오른쪽 날개뼈로 해보는 것이다. 움직이기에 앞서 당신을 날개뼈로 보내라. 날개뼈에 머물면서 오른손이 위로 쭉 올라갈 만큼의 힘을 계산하여 '밀어 보낸다.' 포클레인 조종사처럼. 실제로 흙을 퍼 올리는 것은 포클레인 끝에 붙은 삽이지만 조종사는 삽에 올라타지 않는다. 조종석은 언제나 큰 그림을 볼 수 있고 상황판단을 할 수 있게끔 멀찍이 떨어져 있다. 날개뼈가 맨 앞에서 힘을 받아 동작을 이끈다. 거기 붙은 어깨뼈, 팔꿈치, 손목이 주르륵 차례로 들리면서 결과적으로 가지 맨 끝에 붙은 손이 높이 올라가 있는 걸 확인하면 된다.

바닥에 떨어진 볼펜을 주울 때도 마찬가지다. 손으로 집어 올리는 것이 아니라 날개뼈를 기울여 손가락 끝이 바닥에 닿게 하는 것이다. 움직임의 끝점이 아니라 시작점으로 주도권을 넘겨주는 게 핵심이다. 조종석이 몸의 말단에서 중심부로 옮겨왔다. 걸을 때도 마찬가지다. 발바닥으로 땅을 디디는 것이 아니라 꼬리뼈로부터 힘을 받아 양쪽 골반이 유연하게 앞뒤로 스윙하면서 그 끝에 매달린 발이 사뿐히 지면에 내려앉도록 하는 것이다.

'나'는 꼬리뼈에 있다. '나'는 날개뼈에 머물러 움직임을 보낸다. 움직임의 주도권을 몸의 중심과 그 주위를 감싸고 있는 큰 근육이 쥐고 있으면, 팔과 다리, 손과 발, 손가락과 발가락, 승모근과 목, 턱관절과 이마근육의 움직임은 부드러워진다. 큰 힘이 들어가는 일들은 모두 힘센 중앙 부처에서 해결해주었으므로 손끝과 발끝은 디테일에 심혈을 기울일 수가 있게 된다. 불필요한 힘이 들어가지 않기 때문에 가볍고 섬세하게 동작을 마무리하는 것이 가능해진다. 칫솔을 쥔 손가락을 깃털처럼 움직여 보석을 세공하듯이 이를 하나하나 닦을 수 있고, 차 문을 가만히 열고 닫을 수 있다. 신발 속에서 발가락들을 오므려 주먹 쥐는 습관도 사라질 것이다. '발로' 버틸 필요가 없어졌으니까. 팔짱 끼고 눈에 힘을 주는 습관도, 어금니를 꽉 무는 습관도, 이마와 미간을 찌푸리는 습관도 다 말단 직원들이 너무 과중한 업무를 맡아서, 몸의 말단으로 삶을 헤쳐 나가는 버릇에서 비롯된 습관들이었다.

머리가 가볍게 위로 뜨고 팔은 무겁게 늘어져 꼬리뼈 위에 걸리면 그 힘이 빠지면서 원래의 유연함을 되찾는다. 자세는 '나'를 어디에 두는가의 게임이다. 그래서 이것은 '생각의 기술'이다. 나는 지금껏 포클레인 삽 위에 올라타고 흙을 퍼 올리고 있었다. 손가락, 팔목, 발가락, 발목, 무릎, 턱과 목이 혹사당했다.

자세 프로젝트는 늘 몸의 중심축, 로열석에 머무는 것이다. 그 로열석은 바로 꼬리뼈와 날개뼈. 이곳이 몸의 주인을 위해 준비된 좌석이다.

느리고 상냥한
근육을 주세요

착 퍼지고 유연하고 순환이 잘되는 몸을 타는 것은
페라리를 타는 것보다 천만 배 기분 좋은 일이다.
그런데 언제부턴가 우리는 몸 쓰는 법을 잊어버렸다.
아니, 몸 쓰는 데 신경 쓰는 법을 잊어버렸다.
그리고 그것들을 잊어버렸다는 걸 잊어버렸다.
그 소중한 것을.

"천천히, 더 천천히 하세요. 서둘러봐야 1~2초 빨리 병을 꺼낼 뿐이잖아요."

쥘이 말했다. 그때 나는 '냉장고 문 열기'를 졸업하고 '높은 선반에서 병 꺼내기' 과정을 배우는 중이었다. 그녀는 서두름이 우리가 출연하는 영화의 장면들을 망친다고 경고했다.

"언제나 서두르는 게 탈이에요. 가장 멋지게 보여야 할 순간에 발목을 삐끗하고, 다른 사람 발을 밟고, 카펫 주름에 걸려 넘어지고, 옷에 커피를 쏟는 게…, 다 급한 마음 때문이죠."

냉장고 문을 손으로 여는 것이 아니듯이 선반 위의 잼 병도 손으로 꺼내는 것이 아니었다. 병을 꺼내기 위해 가장 먼저 해야 할 일은 놀랍게도 머리를 띄우는 것이다. 일단 머리. 머리를 가볍게 하고 보는 것. 유모차를 어떻게 밀어야 할까? 머리를 띄우고. 커피잔을 어떻게 들어야 할까? 머리를 띄우고. 책상서랍을 어떻게 열어야 할까? 일단 머리를 띄우고! 움직이려는 낌새가 보이는 족족 눈치 빠른 코치가 되어 '귀'라고 말한다. 두 귀가 머리를 매달고 10cm쯤 날아오르는 것을 느낀다. 눈앞에 그린다. 그것이 마음속의 포스트 잇이다.

"행동 속으로 돌진하기 전에 뇌에게 잠깐 시간을 주세

요. 다급하게 잼 병을 꺼내기 전에 새로운 방식으로 팔을 뻗는 모습을 떠올릴 시간을요. '귀, 꼬리.' 하고 말하는 데 눈한 번 깜박이는 시간이면 충분해요."

　머리를 띄웠으면 꼬리다. 꼬리뼈부터 뻗어 나온 움직임이 다리로 흘러내려 발꿈치를 들게 하고 척추를 타고 올라 팔을 들어 올리는 것을 느낀다. 병을 손으로 쥔 뒤에도 그 무게를 나르는 것은 손이 아니다. 꼬리뼈로 보내라. 잼 병은, 사과 박스는, 책은 꼬리뼈로 드는 것이다.

　그러기 위해서는 일단 멈추는 것이 모든 것의 시작이다. 하던 것을 멈추지 않으면 새로운 것을 할 수 없다. 한순간, 숨을 한번 들이쉬고 내쉬는 동안이면 충분하다.

　"나는 그것을 '시간의 포켓 속으로 들어간다.'고 불러요. 그 포켓 속에 들어가서 옷매무새를 가다듬듯이 몸느낌을 추스르는 거죠. 그리고 움직임의 방향을 새로 디자인해요."

　그러고 나서 가던 길을 다시 가지만, 혹은 마시던 커피를 마저 마시지만, 몸은 전혀 다른 움직임을 경험하고, 그 경험은 전혀 다른 정보를 마음에 제공한다.

　화가 날 때 열까지 세라는 말을 흔히 한다. 움직이기 전엔 그럴 시간이 없다. 숨 한 번만 쉬자. 시간의 포켓 속에서 보내는 그 1초의 시간이 공격력을 누그러뜨릴 수 있다. 다른 이들은 거의 눈치채지 못할 정도의 작은 머뭇거림이다. 그리고 우리 몸을 그 난폭한 움직임의 공격으로부터 지킬 수 있다. 머리를 띄우고 꼬리뼈로 움직임의 중심을 옮긴 뒤에는 부드럽고 가볍게 그 움직임을 내려놓을 수 있다.

　사는 태도를 바꾸지 않으면 그 작은 틈에서 꾸물거리기가 쉽지 않다. 그러려면 일상생활 자체를 가벼운 마음으로 받아들여야 한다. 그 부분이 어렵다. 나도 모르게 갑옷을 입고 공격하고 있는 자신을 발견할 때마다 그냥 피식 웃고는 포켓 속으로 들어가 갑옷을 벗고 나오는 쿨함. 포켓타임.
　그 시간의 포켓 속에서 내가 가장 자주 끄집어내는 것은 내 목이다. 목은 여전히 조금만 방심하면 40년 동안 안락한 안식처였던 어깨 사이로 숨어 들어가버린다. 샌드위치를 씹다가도, 영화를 보다가도, 충계를 오르다가도, 지금 이 책을 쓰고 있는 중에도 틈틈이 1초씩 코치를 부른다. 귀. 양쪽 귀를 기분 좋은 고양이처럼, 티티새의 날개처럼 펴서 올린다. 혀로 입천장을 톡 친다. 여기부터가 머리다. 훨씬 좋다.

"안심하는 근육이 없어서 그래요."

쥘은 나의 만성적인 어깨결림에 이렇게 깔끔하게 진단을 내렸다.

"릴랙스하는 데도 근육이 필요해요. 복근이 하루아침에 만들어지지 않듯이 이 릴랙스하는 근육도 꾸준히 갈고닦아야 만들 수가 있고 몸에 붙일 수가 있어요. '틈나면 쉬지 뭐.'가 아니라 적극적으로 쉬어야 해요. 시간을 정해놓고, 작정하고 릴랙스. 무슨 일이 있어도 이 시간만은 힘을 풀겠다는 강한 의지가 필요하지요."

적극적인 휴식이 필요하다. 널브러져 쉬는 것이 아니라 능동적으로 몸의 생기를 다시 끌어 올리고 흐르듯이 유연한 몸느낌을 되찾는 활동이 '적극적 쉼'이다. 바라보고, 기억하고, 느끼는 몸의 감수성을 기르는 활동이다. 그 느낌이 따뜻한 꿀처럼 온몸으로 흐르게 하는 것이다.

삶에 대한 열의로 가득하고 열심히 사는 노력가일수록 포켓타임을 놓치고 지내는 경우가 많다. 그것은 마치 한 장면도 놓치지 않으려고 스크린에 얼굴을 바싹 대고 영화를 보는 것과 같다. 그렇게 보면 빛의 번쩍임이나 색깔의 입자

등은 세세히 볼 수 있겠지만 그 번쩍임이 자동차 불빛인지 별빛인지, 그 붉은색이 식탁보인지 푸줏간 간판인지는 알지 못한 채 그 장면을 흘려보내고 말 것이다. 조금 떨어져서, 거리를 두고 보아야 감독이 우리에게 보여주고 싶어 했던 장면이 눈에 들어오듯이 움직임으로, 상황 속으로 돌진하기 전에 한 발짝 물러서서 내가 어떻게 움직이려 하는가를 훑어보아야 한다. 그 작은 틈에서 꾸물거리지 못하면 큰 그림을 놓치게 된다. 그 순간이 우리에게 주려는 메시지를 읽을 수 없다.

움직임의 사이사이에 그 틈을 자주 끼워 넣을수록 우리는 그것을 느긋하고 여유로운 순간으로 바꾸어 경험할 수 있다. 그 시간의 포켓을 수시로 드나들며 사는 이들은 어딘지 모르게 상쾌하고 우아한 인상을 풍긴다. 고급 뷰티살롱을 수시로 드나드는 여인의 피부처럼. 움직이는 법을 새롭게 익혀 몸표정을 바꾸는 것은 풍기는 인상을 갈아입는 일이다.

"느리고 상냥한 근육을 키워야 해요."
젊은 무대 위에 서는 연극배우들과 무용가들을 가르친 경험으로 천천히 움직이는 것이 빨리 움직이는 것보다 훨씬 더 힘들다는 사실을 알고 있었다. 공중 발차기는 기본 체력만 있으면 누구나 할 수 있지만 슬로우 모션으로 찍은 것처럼 느리게 발을 올려 공중의 한 점을 찍고 다시 느릿느릿 내려 바닥에 살포시 놓는 동작을 할 수 있는 사람은 별로 없을뿐더러, 상상할 수 없을 만큼 많은 근육들을 단련해야 그것이 가능하다. 그냥 무대를 가로질러 갈 뿐인 '행인1'을 맡은 배우라 해도 그는 그 걸음걸이를 낮이고 밤이고 연습한다.

"밀짚모자를 쓴 관광객처럼 한 번 걸어보세요. 세상에 걱정이라곤 하나 없는 사람처럼 앉아보세요. 지금 막 연인에게서 장미 한 다발을 선물 받은 사람처럼 서보세요!"

기분을 쓰는 법을 익히는 것은 자세를 바로 잡는 데 굉장히 효과적인 방법이었다. 바람 빠진 튜브 같은 몸에 기분은 즉각적으로 공기를 주입해준다.

느린 근육, 우아하고 정확하게 움직이면서도 느긋한 인상을 주려면 깊은 근육이 발달해야 한다. 우리 몸의 가장 깊은 중심, 척추와 골반을 움직이는 근육들은 윗몸일으키기로 키울 수 없다.

몸으로 '그냥'
알아버리게 되는 것들

몸으로 돌아오는 습관은
'지금, 여기'로 돌아오는 습관이다.
'움직임'을 알아차리고 디자인하는 습관은
인생의 가장 달콤한 부분을 직접 누리는 습관이다.

"일상에서 갈등이나 스트레스를 불러일으키는 가장 큰 원인은 '피곤함'이에요. 피곤함을 느끼면 일단 표정과 행동에 생기가 없어지죠. 몸과 마음이 에너지 절약 모드에 들어가게 되거든요. 불필요한 불은 다 끄는 거예요. 에너지 절약 모드일 때는 좋은 기분을 느끼거나 신이 나거나 즐거움을 느끼기가 힘들죠. 즐거워하는 것은 사실 굉장한 에너지를 소모하는 활동이거든요. 피곤하고 지친 사람은 웃으려고 하지 않죠. 웃을 일에도 화를 내게 되어 있어요.

환함, 너그러움, 애교스러움, 유머감각, 애정표현, 유쾌함, 천진난만함…. 느낌 좋은 사람들이 보이는 성격적 특성들은 모두 다 에너지가 넉넉한 상태에서 나올 수 있는 사치스런 감정들이에요. 움직임을 생각하고 가볍게 지낸다는 것은, 불필요한 에너지 낭비를 줄인다는 뜻이고 그만큼 명랑하게 살아갈 수 있는 여유 에너지를 비축한다는 뜻이죠.

많은 경우, 자세를 바로 잡고 새로운 움직임을 몸에 붙인 사람들은 성격 자체가 밝고 차분해져요. 몸 안에서 쾌적하게 움직이는 사람은 삶에 갈등이 확 줄어들고 표정부터가 달라요. 똑같이 식탁을 닦고, 차 트렁크에서 슈퍼마켓 봉투를 들어 나르고, 아파트 계단을 오르는데도 그 느낌이 다른 거예요. 그 활동을 전혀 다르게 경험하죠.

유쾌하고 가벼운 사람은 누구나 좋아해요. 그 사람과

함께 있으면 모든 것이 쉬워 보이고 시간이 매끄럽게 흐르니까요."

우리는 이제 더 이상 주의를 기울여 몸 쓰는 법을 가르치지 않는다. 가정에서도, 학교에서도. 수십 년 전만 해도 유럽의 학교에서는 어린 학생들에게 몸가짐과 교양을 가르쳤다. 숙녀답게 앉는 법, 애프터눈 티를 마실 때 찻잔을 드는 법, 담소를 나눌 적절한 화젯거리를 고르는 법, 신사답게 걷는 법은 물론이고 품위 있게 서서 기다리는 법, 악수를 청할 때 손을 내미는 올바른 각도 등이 기본 교과 과정에 포함되어 있었다.

"나를 찾아오는 사람들에게 나는 말해요. 하루에 30분씩만 시간을 내어 몸을 살펴보라고. 거울 앞에 서서 타인의 눈으로 보는 게 아니라 몸 안에서 사는 '거주민'의 관점으로 피부 안쪽의 풍경을 하나하나 감상하는 시간을 가지라고. 그러면 많은 사람들이 이렇게 말하죠. '뭐라고요? 하루에 30분씩이요? 맙소사, 제가 그만한 시간을 낼 수 있다면 얼마나 좋을까요.' 저는 다시 말해요. '그럼, 단 10분만이라도 좋아요. 시간이 꼭 길어야 할 필요는 없죠.' 만약 그때도 고개를 절레절레 흔들며 난처한 표정을 짓는 사람이 있으면 저는 인정사정없이 쏘아붙여요. '그러니까 당신 몸이 그 모양인 거예요! 하루에 단 10분도 돌봐주지 않다니, 삶이 그토록 빡빡해질 때까지 방치하다니, 그거 자기학대인 거 아세요?' 하고요."

우리는 우리가 몸 안에서 살고 있는 원주민이라는 사실을 종종 잊는다. 그 안에서 태어나고 자랐을 뿐만 아니라 단한 발자국도 이 피부의 영역 밖으로 떠나본 적 없으면서도 늘 이방인의 시선으로 자신을 본다. 기묘한 일이다. 그것은 '지금, 여기'에 머물러본 적 없는 우리의 분주한 마음이 빚어낸 환상이다.

우리가 깨어 있는 대부분의 시간 동안 우리의 의식은 지나간 순간들을 해석하고 곱씹거나, 다가오리라 여겨지는 사건들을 미리 리허설 하느라 분주하다. 지금 몸이 무엇을 어떻게 하고 있는지를 살필 여력이 거의 없다. 그래서 충실한 집사처럼 '습관'을 들인다. 과거와 미래 속에서 동분서주하는 주인을 대신해서 습관이 '지금'을 상대한다. 일단 '하던 대로' 처리한 뒤 한발 늦게 주인에게 보고한다. 습관이란 말의 사전적 정의는 '특정 상황이 닥쳤을 때 자동적으로 취하는 행동'이다.

쥘이 말했던 몸 안쪽에서, 몸 안의 공간을 느끼는 습관은 전문용어로 '키네스테틱 센스kinaesthetic sense'라고 한다. 시각, 청각, 후각, 미각, 촉각과 더불어 우리의 기본감각을 이루고 있는 그것을 '몸감'이라고 부르자. 그것은 자신의 몸이 무엇을 하고 있는지, 어디에 있는지, 어떤 상태인지를 '그냥' 알아차리는 감각이다. 그 몸감이 있기 때문에 우리는 거울을 보지 않고도 옷을 벗거나 입을 수 있고 목 뒤로 리본을 묶을 수 있다. 어린아이들도 기본적인 몸감을 갖고 있기 때문에 굳이 무언가에 몸을 비춰보지 않고도 노래에 맞춰 통통한 손가락으로 코, 무릎, 배꼽 등을 가리킬 수 있는 것이다.

몸감은 우리의 피부 안쪽에 장착된 네비게이션과 같다. 원하는 곳으로 가되, 어떻게 머리와 몸통과 팔과 다리가 엉키지 않고 조화롭게 움직여 복잡한 공간 속을 헤치고 거기까지 무사히 당도할 것인가를 그 몸감이 알려준다.

시각이 뛰어난 사람이 있고 유난히 청각이 밝은 사람이 있듯이 몸감도 예민한 사람이 있는가 하면 둔한 사람도 있다. 움직임에서부터 빠릿빠릿하고 빈틈없는 느낌을 주는 사람은 예민한 몸감을 가진 경우가 많다. 자신과 타인, 혹은 주변 상황과의 물리적 구도를 재빨리 파악하고 정확한 위치에 자신을 세운다. 더듬이가 달린 곤충처럼 '그냥' 공간의 얼개를 알아차리기 때문에 '눈치 빠르다', '센스 있다'는 평이 그를 따라다닌다.

반면 몸감이 떨어지는 사람이 움직이는 모습은 어딘지

모르게 불안하고 부자연스러워 보일 수밖에 없다. 상황파악을 잘 못하고 타인의 감정을 읽는 데도 서투르다. 그들은 늘 무언가에 걸려 넘어지거나 사람들에게 부딪히거나 길을 막고 서 있거나 물건을 떨어뜨린다.

편안하면서도 멋지게

멋진 자세를 갖는다는 것은 매일, 매 순간에 관한 이야기이다. 자세는 피부와 같다. 한 치의 틈도 없이 '나'와 세상의 경계에 밀착되어 '나'를 이야기한다. 옷은 입었다 벗을 수 있지만 피부는 외출복처럼 특별한 날에만 잠깐 입고 벗을 수가 없다. 그렇기 때문에 반드시 편안하면서도 멋져야 한다.

새로운 방식으로 앉고 서고 걷는 것은 처음엔 헬스클럽에 가는 것만큼이나 귀찮게 느껴질 것이다. 아니, 운동처럼 한두 시간 하고 끝낼 수 있는 것도 아니니 헬스클럽과 비교도 할 수 없을 만큼 걸리적거려 더욱 포기하고 싶은 마음이 들 것이다. 잠잘 때 빼곤 그야말로 매 순간 스스로에게 잔소리를 해야 하니 그보다 더 피곤할 수가 없다.

그래서 대부분의 사람들이 중간에 그만둔다. 난 이게 편해! 그냥 편한 대로 살겠어. 그 말이 얼마나 위험한 말인지 알고나 있는 것일까? 웅크린 채 앉고, 구부정하게 서고, 척추를 누르며 걷는 자세가 편하게 느껴진다는 건 굉장히 위험한 신호다. 그리고 그 잘못된 편안함은 엄청나게 비싼 가격표를 달고 있다. 머지않은 미래에 굉장한 불편함을 치러야 한다.

바닥이 닳아빠진 신발이 편하다고 계속 신으면 안짱다리가 고착화되고 만다. 웅크리고 앉는 게 편하다고 계속 그 자세를 고수하다 보면 두툼하고 단단한 지방이 (뼈를 대신하여) 체중을 지탱하게 된다. 처음엔 불편하더라도 몸 원래의 디자인대로, 진짜 편안한 상태로 돌려놓아야 한다. 운동할 때도 바른 몸느낌 없이 땀 흘리는 데만 집중한다면 어긋난 자세를 더욱 단단히 잡아줄 근육을 키울 뿐이다. 몸은 점점 닫히게 되고, 균형은 더욱 확실하게 무너져간다.

만보기를 구입하고 하루에 1만 보를 걷는 것은 훌륭한 일이다. 하지만 잘못된 자세로 1만 번씩 몸을 움직인다면 몇 년 후 당신은 오리처럼 뒤뚱거리며 1만 보를 채우게 될 것이다.

Chap. 17

노력하고 있습니까?
유감이군요

고수들은 언제나 쉽게 한다.
무술이나 격투기 시범을 보아도
일정 경지를 넘어선 최고수들의 움직임은
전사라기보다는 댄서에 가깝다.
춤을 추는 것처럼 유연하고도 우아하다.
힘들이지 않고 힘을 제압하는 것.
힘든 일을 힘 들이지 않고 해내는 것.
멋지지 않은가?

"당신은 노력하지 않기 위해 노력해야 할 것 같군요."

오늘 쥘이 안타까운 한숨을 섞어 내게 말했을 때 나는 또다시 스스로에게 화가 났다. 몸표정을 부드럽게 해보겠다고 자세 프로젝트를 시작한 지 반년이 다돼 가는데 왜 나는 아직도 느긋해지지 못하는가? 왜 아직도 코 흘리는 1학년처럼 모든 것을 힘주어 애쓰면서 해내고 있는가?

어느새 조바심을 치며 솟아오른 내 어깨를 내려주면서 쥘은 인내심 있게 다시 타일렀다.

"힘써서 하지 않으면 계속할 수 있어요. 열심히 해서 얼른 해치우려고 하지 말고 놀듯이 쉬엄쉬엄 오래 할 마음을 먹어야 해요. 비타민이 몸에 좋다고 해서 비타민제 1통을 한꺼번에 삼켜버리는 건 어리석은 짓이잖아요. 하루에 1알씩 꾸준히 오래 습관처럼 복용하다 보면 나도 모르는 새 피부에 생기가 돌고 활력을 찾게 되죠. 몸은 생각의 속도를 따라갈 수 없어요. 그 대신 근육과 뼈들은 뇌보다 훨씬 기억력이 좋죠. 일단 몸으로 배운 것은 잘 잊히지 않아요. 시간을 들이고 공을 들인 보람이 충분히 있어요."

나의 몸습관을 바로잡기 위해 쥘은 내게 '생각으로 삼키는' 비타민제를 권했다.

"사람들을 내게 찾아와 묻곤 해요. 뻣뻣한 뒷목을 풀기 위해선 어떤 스트레칭을 해야 할까요? 늘 허리가 아픈데 어떤 운동을 해야 할까요? 나는 그 질문부터 바로 잡아야 한다고 생각해요. '목의 긴장을 풀기 위해선 목을 어떻게 생각해야 할까요? 어떤 느낌으로 움직여야 허리 통증이 사라질까요?'라고요. 생각으로 불필요하게 긴장하는 버릇을 고칠수 있어요. 느낌을 바꾸는 거죠."

우리는 필요 이상의 힘을 들여 일상을 살아간다. 그 과잉된 힘은 부메랑처럼 되돌아와 스스로의 몸에 충격을 준다. 잉여 칼로리가 내장과 간에 지방으로 쌓여 건강을 위협하듯이(실제로 우리가 먹는 음식 중 40%만이 우리 몸을 먹여 살린다고 한다. 나머지 60%는 의사들을 먹여 살린다나?) 말이다. '최선을 다해.', '있는 힘을 다해.', '젖 먹던 힘까지 내서'라는 가르침이 너무나 뿌리 깊게 박혀 있어서 우리는 힘 빼는 법을 잊어버렸다. 쉽게 할 수 있는 일도 온 힘을 다해서 하게 되었다. 공책이 찢어지도록 꾹꾹 눌러 글씨를 쓰는 초등학교 1학년 아이처럼 동작 하나하나를 힘주어 꾹꾹 눌러가며 한다. 이를 악물고, 주먹을 꾹 쥐고, 숨을 멈추고는 해치운다. 그런 식으로 난폭함을 몸에 붙여버렸다.
　　우리의 자세를 가장 근본적으로 망가뜨리는 것은 '억지로 노력하는 버릇'이다. 자기 것이 아닌 틀 속으로 스스로를 쑤셔 넣기 위해 근면하게 몸과 마음에 망치질을 해대는 버릇 말이다. 오랫동안, 끈기 있게 틀린 방향으로 달려가다 보면 숨만 찰 뿐 원했던 풍경은 보이지 않는다. 그래서 생각한다. '더 힘차게 달려야 하나 봐. 이 정도로 애써선 어림도 없나 봐.'

매 순간 전쟁을 치르듯 사는 습관이 있던 나는 몸을 갑옷처럼 입고 있었다. 사람들을 관찰하면서 느낀 것은 나만 그런 것이 아니라는 사실이었다. 깜짝 놀랄 만큼 많은 사람들이 투구를 쓴 채, 무쇠로 어깨와 등을 감싼 채 그 무게에 짓눌려 걷고 있었다.

어린아이들이 손에 쥔 과자를 놓지 않으려 하듯, 어른들은 걱정거리를 놓지 않으려 안간힘 쓴다. 스트레스와 긴장 없이 사는 방법을 모르기 때문이다. 강아지를 앞세우지 않고서는 산책을 나서지 못하는 사람처럼, 빨래를 널 때만 햇살과 바람을 즐기는 사람처럼 현대인들을 삶 속으로, 경험 속으로 밀어 넣는 것은 언제나 '해야 할 일'들이다. 부드러움, 촉촉함, 말랑말랑함이 사라진 마음자리가 스쳐 지나가는 사람들의 얼굴에 고스란히 판박이 되어 있었다. 부산하게 두리번거리지만 누구와도 눈을 맞추지 않고, 공격적이면서도 겁에 질린 듯한 표정을 하고, 저마다의 걱정거리에 깊숙이 틀어박혀 있었다.

　의무와 걱정에 눌리면 머리가 어깨 사이로 파고들어 목은 움츠러들고, 딱딱하고 구부정한 등과 안으로 말려 들어간 어깨는 딱정벌레의 등처럼 동물이 취할 수 있는 가장 방어적인 자세를 취하게 된다. 상대의 펀치를 받는 권투선수가 본능적으로 취하는 자세도 이와 비슷하다.

　아무튼 이렇게 갑옷을 입은 채로 우리는 동작들을 '공격'한다! 습관이 되어 알아차리지 못할 뿐 평소에 모든 동작들을 우리는 얼마나 공격적으로 해치우고 있는지.

　무거워지는 건 쉽다. 가벼워지는 게 어렵다. 쿵쿵 발을 집어던지듯 걷는 건 쉬워도 사뿐사뿐 소리 나지 않게 걷는 건 힘들다. 힘주지 않고, 몸을 공격하지 않고, 충격을 주지 않고 움직이는 방법을 배우지 못했기 때문이다. 볼펜을 꽉 쥐는 게 더 쉽다. 그게 힘이 덜 들어서가 아니라(당연히 힘이 훨씬 더 든다.) 그렇게 쥐지 않는 법을 모르기 때문이다.

　아무도 싸우자고 하지 않는데 나 혼자 혼신의 힘을 다해 무찔러왔던 것은 내 몸이었다.

당신을 스스로의 공격으로부터
지킬 수만 있다면

그럴 필요가 없는 순간에도
우린 갑옷을 입고 스스로의 몸을 공격한다.
당신, 지금 이 책을 너무 꽉 쥐고 있지는 않은가?
평소에 얼마나 과격하게 발을 내딛으며 걷는지
살펴본 적 있는가?
아니, 스스로를 공격하는 데 너무 익숙해져서
몸이 폭력에 무감각해져버린 것은 아닌가?

담배를 끊는 것처럼 우리는 해로운 동작들도 끊을 수 있다. 스스로를 가르치고 코칭해서 몸을 공격하는 습관들을 고칠 수 있다. 다이아몬드를 자를 수 있는 것은 다이아몬드 뿐이듯, 습관을 바꿀 수 있는 것은 새로운 습관뿐이다. 결심이나 의지만으론 뇌와 몸에 박힌 습관을 끊어낼 수가 없다. 습관이 바뀌면 나를 새로 보게 되고 스스로를 대하는 방식이 달라진다. 몸표정이 가볍고 환하게 바뀐다.

나는 칫솔을 쥐는 법부터 시작하기로 했다. 오늘 아침 이를 닦다가 하게 된 결심이었다. 나는 아침에 보통 눈을 감은 채 칫솔질을 한다. 아직 남아 있는 잠에 대한 미련을 떨쳐버리지 못한 탓도 있고 칫솔질을 하는 동안 그날 하게 될 이런저런 일들을 생각하는 버릇 탓도 있다.

그러다가 오늘 아침 우연히 눈을 뜨고 거울 속을 들여다보게 되었고 충격에 빠지고 말았다. 칫솔을 어찌나 온 힘을 다해 불끈 쥐고 있었던지 손톱과 손가락 마디가 하얗게 질려 있었다. 운동화도 너끈히 빨아 널었을 것 같은 힘으로 나는 내 치아를 북북 문질러대고 있었다. 그리고 그 분노의 칫솔질을 견뎌내느라 내 얼굴은 비누칠 당하는 불도그처럼 일그러져 있었다.

하지만 정말로 날 충격에 빠뜨린 것은 그 못생긴 모습이 아니었다. 그 모든 게 지금껏 '나도 모르게' 일어났다는 점이었다. 나는 몰랐다. 내가 매일 아침 그토록 있는 힘껏 내 치아와 잇몸을 공격하고 있었다는 사실을. 그리고 그토록 있는 힘껏 이마와 미간과 볼을 찌푸리고 있었다는 사실을. 벌써 가끔씩 이가 시큰거리고 팔자주름이 깊어지는 것도 무리가 아니었다.

　　나는 아침형 인간이 아니다. 아침이 오는 것보다는 서늘한 저녁이 오는 것을 기다리는 스타일이다. 그래서 아침엔 긴장한다. 팔자주름과 시린 이는 나이 탓이 아니었다. 그 나이를 먹는 동안 매일 아침 내가 해온 양치질이 범인이었다. 그날 아침 머릿속이 몽롱하고 온몸이 노곤하다고 느꼈던 나의 감정과는 아무런 상관이 없었다. 근육에 새겨진 버릇이 알아서 해나가고 있었다. 특히 칫솔질 같은, 빨리 해치워버리고 싶은 동작은 초스피드로 맹렬히 공격하는 버릇이 내 의견은 묻지도 않고 '하던 대로' 해치우고 있었다.

　　칫솔질에 눈을 뜨고 나니 다른 게 눈에 들어왔다. 나의 먹는 습관이었다. 나는 아무래도 모든 걸 턱으로 푸는 스타일인가 보다. 발달한 턱근육으로 각져 보이는 얼굴형에 책임을 통감한다. 내가 특별히 딱딱한 음식을 좋아하거나 껌을 씹는 버릇이 있는 것은 아니다. 그저 '전투모드'로 고정된 내 턱이 무언가 입에 들어오는 족족 무찌를 기세로 씹어

대고 있었을 뿐이다. 이 깨달음은 기차 안에서 샌드위치를 먹던 중에 찾아왔다. 가죽구두를 씹어 먹은 것처럼 턱이 뻐근해올 무렵, 정신을 차리고 내가 손에 들고 있던 것을 보니 달걀과 으깬 감자가 들어간 부드러운 샌드위치였다.

우리는 늘 무언가에 휩쓸려 있다. 산다는 게 고요한 호수에 떠 있는 게임이 아니기 때문이다. 그것은 차라리 홍수로 범람한 강물을 거슬러 올라가는 것에 가깝다. 온갖 신경 쓰이는 일들이 떠내려 와 몸에 부딪히고, 거센 물살이 우리를 이리저리 흔든다. 그 속에서 중심을 잃지 않고 서 있는 것만으로도 충분히 벅차다.

머릿속이 복잡하고 마음이 혼란에 빠질 때 우리가 가장 먼저 내팽개치는 것은 몸이다. 그때껏 잘 참아오던 정크푸드를 앞에 쌓아놓고 무찌르듯 먹어치우고, 운동을 거르고, 몸을 아무렇게나 질질 끌고 다니다가 '던진다.' 이따금씩 사람들이 몸을 다루는 방식을 보면 가슴이 철렁 내려앉는다.

킬힐 속에 갇힌 뒤틀린 발

"세상에, 발에 무슨 짓을 한 거예요?"

함께 쥘의 수업을 듣는 아니타가 신발을 벗던 순간, 나도 모르게 터져 나온 말이었다. 그녀의 맨발은 보기에도 처참했다. 부어서 힘줄이 툭툭 불거져 나온 발등에 구두 모양이 낙인처럼 시뻘겋게 찍혀 있었고 새끼발가락은 고사리처럼 안으로 오그라들어 아예 보이지도 않았다. 그녀는 별것 아니라는 듯 어깨를 으쓱하며 대답했다.

"어젯밤에 파티가 있었거든요. 좀 높은 힐을 신고 밤새 춤을 췄을 뿐이에요."

'좀 높은'이라는 말을 하며 그녀가 엄지와 중지로 만든 높이는 족히 10cm는 넘어 보였다. 나는 그녀의 발을 그녀로부터 납치하고 싶은 충동에 휩싸였다.

하지만 나는 알고 있었다. 그녀의 그 끔찍한 10cm 킬힐을 빼앗을 순 있겠지만, 다시 그런 신발을 신었다가는 뒤틀린 발이 영영 제 모습을 못 찾을 거라고 협박할 순 있겠지만, 그녀의 습관으로부터 그 발들을 구해내진 못하리라는 것을. 뼈와 근육이 뒤틀리는 감각을 무시한 채 밤새 춤을 추는 그녀의 폭력적인 몸쓰기 버릇으로부터, 아예 걷지도 못하게 될 때까지 전문가를 찾지 않고 방치하는 그녀의 끔찍한 무관심으로부터 그녀의 발을 떼어놓을 길은 없었다.

당신을, 스스로의 공격으로부터 지킬 수만 있다면! 가여운 몸을 '나'로부터 격리시켜 2주일 정도만 곱게 보살펴도 몰라볼 정도로 생기발랄하고 사랑스러워질 것이다.

멱살 잡힌 케이트 윈슬렛

'앉기 전문가' 사이먼을 만나기 위해 시드니로 날아가는 비행기 안. 훤칠한 금발의 승무원이 음료를 서빙하기 위해 수레를 밀고 다가왔다. 그 스튜어디스는 눈에 띄게 키가 컸다. 상체도 풍만하고 입술이 도톰해서 전체적으로 케이트 윈슬렛 같은 인상을 풍기는 미인이었다. 탑승할 때 입구에 서서 미소 지으며 인사할 때까지는 그랬다는 뜻이다. 그런데 기내 서비스가 시작되자 그녀의 인상은 완전히 바뀌었다. 움직임 속에서 그녀의 아름다움은 사라져버렸다.

그녀는 자신의 몸 안에서 그야말로 고군분투하고 있었다. 나는 습관적으로 그녀의 목과 어깨 부분을 살폈다. 아니나 다를까, 그녀도 '셀프 멱살잡이'의 대가였다. 가슴 위쪽부터 뒷목, 어깨까지를 꽉 거머쥐고 있었다. 그렇게 멱살이 잡힌 채 교육받은 승무원 자세로 움직이려니 얼마나 힘이 들지 짐작이 갔다.

특히 밀고 다니는 수레의 맨 아래 칸에 있는 무언가를 꺼내기 위해 쪼그리고 앉을 때마다 그녀의 모습은 딱할 지경으로 일그러졌다. 훈련으로 단련된 얼굴은 가까스로 미소에 가까운 표정에 매달려 있었지만 그녀의 몸은 타이트한 스커트 안에서 무릎과 허리를 구부리고, 엉덩이를 낮춰 쪼

그려 앉고, 목을 웅크리고 팔을 뻗어 두유 병을 꺼낸 뒤 다시 일어서야 할 때마다 소리 없는 비명을 질러댔다. 그 비명 소리는 모두에게 들릴 만큼 뚜렷했기 때문에 어느 순간부턴가 아무도 커피에 두유를 부어달라고 주문하지 않게 되었다. 두유는 저지방 우유와 함께 수레의 맨 아래 칸에 실려 있었다.

그녀와 팀을 이루어 서빙을 하던 다른 스튜어디스는 작달막한 키의 중년 여인이었다. 희끗한 귀밑머리를 굳이 염색하지 않고 깔끔하게 틀어 올린 그녀는 기름칠한 것처럼 좌석 사이사이를 매끄럽게 누볐다. 늘씬한 느낌은 없었고 근육질은 더더욱 아니었다. 오히려 살짝 살이 올라 폭신폭신한 느낌을 주는 체형이었는데, 그녀는 그 안에서 아주 편안해 보였다. 솜씨 좋은 부티크에서 맞춰 입은 옷처럼 그녀의 몸은 그녀 위에 착 달라붙어 함께 움직이고 있었다. 승객들은 그 중년의 스튜어디스와 눈을 맞추기 위해 열심이었고 나도 마찬가지였다. 그 키 큰 스튜어디어스에게 물을 한 잔 갖다 달라고 말할 용기가 차마 나지 않아서 목이 마른데도 그냥 참고 있던 승객이 나 하나만은 아니었을 거라고 생각한다.

그 키 큰 스튜어디스는 스물을 갓 넘겼을까 싶게 젊었다. 하지만 그녀가 지금 움직이는 습관을 바꾸지 않는다면

40세가 될 무렵에는 굽은 어깨, 일자목, 굵은 허리, 튀어 나온 아랫배를 갖게 될 것이었다. 몸은 우리 습관이 만든 작품이다. 그녀는 그런 식으로 스스로의 몸을 조각하고 있었다. 물론 그녀도 어린 시절부터 학교 선생님이나 엄마로부터 꾸준히 잔소리를 들어왔을 것이다. '또 구부정하게 서 있구나. 허리를 똑바로 펴. 턱을 들고, 가슴을 펴고 걸어!' 그리고 그 순간엔 그녀도 노력했을 것이다. 한 10초 동안은. 몸감을 바꾸지 않고 근육의 힘만으로 등을 펴고 가슴을 펴고 턱을 치켜드는 것은 굉장히 지치는 일이다. 억지로 그 자세를 유지하려고 노력하는 동안 얻는 것은 두통과 어깨결림, 소화불량뿐이다.

그 스튜어디스가 몸을 웅크리는 방식도 어린 시절부터 수없이 반복되어온 경험이 만들어낸 작품일 것이다. 늘 또래보다 키가 컸을 테고, 어리광을 부리기 위해선 다른 소녀들보다 더 엉덩이를 뒤로 빼고 목을 젖혀야 했을 것이다. 학교에 가서도 다른 아이들과 앉은키를 맞추기 위해 등을 둥글게 말고 C자 형으로 앉았을 것이다. 남자친구와 눈을 맞추거나 입을 맞추기 위해 골반과 갈비뼈와 목을 아코디언처럼 접었을 것이다. 가여운 케이트 윈슬렛.

앉기의 기술 :
엉덩이로 설 수 있습니까?

운동과 움직임은 다르다.
하지만 잘 움직이면 운동보다 좋은 운동이 된다.
달리기는 운동이지만 걷기는 생활이다.
스쾃은 운동이지만 앉기는 일상이다. 즉, 움직임이다.
운동을 가르치는 곳은 많은데
왜 움직임을 가르치는 곳은 찾기 힘든 것일까?
운동선수는 있는데 왜 움직임선수는 없는 것일까?

우리는 여행한다, 의자에서 의자로.

누군가가 현대인의 하루 일과를 '의자에서 의자로 옮겨 앉는 여행'이라고 표현한 적이 있다. 식탁 의자에서 지하철 의자로, 사무실 의자에서 커피숍 의자로, 식당 의자에서 다시 TV 앞 소파로….

《겟업get up》의 저자인 제임스 레바인James A. Levine은 앉는 것을 '제2의 흡연'이라고까지 불렀다. 그는 의자가 담배만큼이나 우리 몸에 해롭다고 역설하면서 만나는 사람마다 의자를 끊으라고 강력히 권하는 것으로도 유명하다.

하지만 그는 한 가지를 빠뜨리고 있었다. '어떻게'라는 부분이었다. 앉는 것이 문제가 아니라 어떻게 앉느냐가 문제였다. 상한 음식을 먹었기 때문에 식중독에 걸리는 것이지 음식을 먹는 것 자체에는 문제가 없는 것과 같다. 물론 그가 관찰한 대부분의 사람들이 잘못 앉아 있었을 것이다. 습관적으로 척추를 허물어뜨리고 내장지방을 쌓고 있었을 것이다. 그건 의자의 잘못이 아니다. 책상 앞에 앉아만 있는 현대인의 라이프스타일이 문제라고? 그럼 계속 움직이거나 서서 근육을 쓰는 직종으로 바꾸면 뱃살과 통증이 사라질까? 선진국 기준으로 볼 때, 육체노동자들이 사무직 노동자들보다 더 심각한 비만과 만성통증에 시달린다는 통계가 있다.

몸무게가 평균보다 조금 더 나가는 것도 결정적인 요인은 아니다. 그 무게가 고르게, 균형 있게 실려 있다면 몸에 부담을 주지 않는다. 살을 빼려고 무리하게 애쓰기보다 몸의 라인을 바로잡고 몸을 사용하는 방식을 바꾸면 모든 문제로부터 훨씬 빨리 벗어날 수 있다.

나의 '앉기 선생' 사이먼은 말했다.

"나도 담배 끊는 것은 적극 권해요. 하지만 의자는 제발 끊지 마세요. 서고 걷는 것만큼이나 앉는 것도 필요해요. 아니, 다른 방식으로 서 있는 것도 필요해요. 원래 우리 몸은 2가지 방법으로 설 수 있게끔 설계되어 있거든요."

사이먼은 원래 스포츠 마사지사였다. 10년 넘게 그 일을 하는 동안 그를 찾아오는 대부분의 고객들이 풀어주길 원하는 부위가 허리라는 사실에 그는 주목했다. 정확히 말하자면 척추뼈lumbar vertebrae 3번과 4번 사이. 그는 그 원인이 현대인의 앉아 있는 자세에 있다는 사실을 밝혀내고 본격적으로 '앉는 법'을 연구하기 시작했다.

"서 있는 것은 '스탠드 업stand up'이라고 하고 앉는 것은 '싯 다운sit down'이라고 하잖아요? 나는 그 말이 잘못되었다고 생각해요. 그래서 늘 말하죠. 싯 업sit up! 앉는 것도 서 있는 것만큼 활동적일 수가 있어요. 그러려면 먼저 생각을 바꿔야 해요. 우리는 의자 위에 서 있는 거예요. 우리는 2가지 방법으로 서 있을 수 있죠. 발로 혹은 엉덩이로. 엉덩이로 서 있을 수만 있으면 더 이상 의자를 두려워하지 않아도 돼요."

그가 권하는 좋은 의자는 단단한 의자였다. 굳이 딱딱할 필요는 없다. 탄성이 있되 단단한 재질이면 가장 좋다.

"간단해요. 그 위에 오래 서 있을 수 없으면 오래 앉아 있을 수도 없다고 보면 돼요. 푹신한 소파 위에 한동안 서 있어보세요. 몇 분 지나지 않아서 피곤함을 느낄 거예요. 지나치게 푹신한 쿠션은 발바닥의 뼈들을 단단하고 일관되게 지지해주지 못하기 때문에 중심잡기가 힘들고 다리 근육 전체가 피로를 느끼면서 주저앉고 싶어지죠. 엉덩이로 서게 해주는 뼈는 '앉는 뼈', 즉 좌골坐骨이에요. 하지만 그 뼈로 앉는 사람은 거의 없죠. 대신 다들 배로 앉아요. 그건 우리가 꼬리뼈를 깔고 앉기 때문이에요. 꼬리뼈를 깔고 앉으려면 뱃살이 필요하죠."

'배로 앉는다.'는 말은 듣자마자 이해가 되었다. 왜 배가 나오지 않게 앉기는 그렇게 힘들까? 왜 아무리 늘씬해 보이는 사람도 자리에 앉기만 하면 허리에 타이어를 끼운 것처럼 뱃살이 불룩 나올까?

"척추가 받쳐야 할 머리와 팔의 무게를 몸 앞쪽에서 떠

안아야 하니까요. 푹신한 소파에 털썩 주저앉고 나면 자연스레 쿠션이나 방석을 끌어안고 싶어지죠? 그와 같은 원리에요. 몸 앞쪽에 무게를 지탱해줄 수 있는 무언가가 필요하고, 새로 뼈를 심을 수는 없으니 그 대신 가장 쉬운 대안으로 몸은 배에 지방을 쌓는 거죠."

그 '앉는 뼈'의 존재를 아는 사람조차 얼마 되지 않는다고 사이먼은 안타까워했다. 처음부터 오로지 앉기 위해 존재하고, 또 그렇게 이름 붙여진 뼈가 있다는 사실을 아는 이가 얼마나 될까? 설계된 대로 쓰지 않으면 우리 몸은 자기 방어 체제에 돌입하고 그 해결책은 종종 균형이 무너진 부위에 지방을 채워 넣는 방식으로 이루어진다.

"기억하세요, 우리 몸은 2쌍의 발을 갖고 있다는 걸. 서기 위한 발이 1쌍, 앉기 위한 발이 1쌍. 그 2쌍의 발로 서는 법을 배우고 나면 앉는 걸 두려워할 필요가 없어요."

그의 상체가 의자 위에 사뿐히 '내려섰다'

앉는 뼈는 엉덩이에 붙어 있는 발이다. 두 발처럼 우리 몸을 떠받치고 '서게끔' 설계되어 있다. 그는 단단한 가죽을 덧댄 나무의자 위에 엉덩이로 서는 시범을 보여주었다. 정말로

'앉는다'기보다는 무릎이 접힌 종이인형처럼 그의 상체가 의자 위에 사뿐히 '내려섰다'.

"서 있을 때와 앉았을 때 상체의 키 차이가 나지 않아야 해요. 보통 서 있다가 앉으면 바람 빠진 공처럼 상체를 푹 꺼뜨리잖아요. 꼬리뼈부터 두개골까지 쭉 펴고 서 있는 모습 그대로 양쪽 좌골만 의자에 살짝 올려놓는 느낌입니다. 우리는 그걸 '착지'라고 불러요. 착지가 제대로 됐으면 서서히 상체의 무게를 그 2개의 꼭짓점으로 보내고 편히 쉴 수 있게 되는 거죠."

이 말을 하면서 앉아 있는 그의 모습은 정말로 케이크 위에 얹힌 체리처럼 가뿐해 보였다.

"그런데 재미있는 건, 똑바로 설 수 없는 사람은 똑바로 앉을 수도 없어요. 결국 똑같은 요령으로 앉고 서는 거거든요."

하루 10시간씩 의자에 앉아 있으면서도 몸을 망가뜨리지 않으려면 거의 국가대표 선수 수준의 근육이 필요하다. 그만한 체력과 근육 없이 꼬리뼈를 깔고 '배로' 앉아 있으면 우리 몸은 차곡차곡 접혀 들어간다. 컵 안에 컵을 포개듯이 목은 갈비뼈 안으로, 갈비뼈는 골반 속으로 포개어진다. 물론 해부학적으로 포개어지는 것은 아니지만 그런 '느낌'들이 몸 안에 축적되어 결과적으로 포개어진 것처럼 짧고 퉁퉁한 덩어리감을 갖게 된다. 이렇게 몸통이 가로로 넓어지면 몸속이 납작해지면서 세로 공간은 급격히 줄어든다. 횡경막이 눌려 호흡이 얕아지면서 만사가 귀찮은 기분이 든다. 그렇게 앉아 있는 상태에서 벗어나 일어서기 위해서는 엄청나게 많은 에너지를 써야 하기 때문에(포개진 컵들을 다시 하나하나 꺼내야 한다!) 영원한 칼로리의 수호신인 우리 뇌가 자동적으로 그런 기분 상태에 돌입하기로 결정을 내리는 것이다.

그래서 한 번 '자리 잡고 앉은' 사람을 떨쳐 일어서게 하려면 웬만한 미끼론 어림도 없다. 그리고 그 상태에 안정적으로 오래 머물 수 있는 쪽으로 체형은 진화한다. 위로는 머리의 무게에, 아래로는 골반에 짓눌린 갈비뼈가 옆으로 벌어지면서 몸통 둘레를 더 두툼하게 만들기 위해 총력을 기울이게 된다. 흔히 나이가 들면 10년 전과 비교해 몸무게는 큰 차이가 없는데도 그때 입었던 셔츠의 단추가 잘 잠기지 않는다. 그것이 바로 갈비뼈가 벌어졌기 때문에 일어나는 일이다.

앉는 발의 감수성을 키우고 꾸준히 돌덩이 같은 머리 무게를 위로 들어 올리면 갈비뼈는 시원스레 기지개를 켜고 원래의 길고 홀쭉한 모양새로 돌아가게 된다. 그와 동시에 갈비뼈의 컵을 뽑아낸 골반과 복강도 시원스레 뚫리면서 소

화기능이 활발해지고 숨을 몸속 깊이까지 빨아들여 디톡스
가 일어난다.

　바르게 앉는 것의 첫걸음은 등받이를 무시하는 것이다.
앉는 발로 상체를 똑바로 세우면 등받이는 필요 없어진다.
우리의 척추는 상체의 무게를 거뜬히 받아낼 수 있도록 설
계되어 있다. 만약 당신이 어딘가에 기대지 않고 서 있을 수
있다면 당연히 기대지 않고 앉을 수 있다. 서고 앉는 자세는
결국 같은 테크닉을 사용하기 때문이다.

앉는 법, 서는 법, 걷는 법

인류학자들에 따르면
우리가 땅 위에서 두 발로 걷기 시작한 이래
350만 년의 시간이 흘렀다.
그만하면 연습할 시간은 충분했을 걸로 보인다.

창밖의 나무에선 매미들이 온몸을 떨며 소리를 내고 있었다. 매미철인 것이다. 사이먼이 단단한 쿠션을 덧댄 나무 의자를 갖고 왔다. 나는 그의 빈틈없는 감시 아래 정확히 나의 앉는 뼈, 그에 따르면 엉덩이뼈를 쿠션에 댔다.

"아직, 아직요. 대기만 할 뿐 아직 그 위에 아무것도 올리지 마세요. 척추도, 어깨도, 머리도 아직 당신이 들고 있어야 해요."

나는 그의 지시에 따라 아주 천천히 차례대로 상체의 무게를 그 위로 실어 날랐다. 박스를 하나씩 들어 옮기듯이. 맨 처음 골반을 내려놓고, 그 위에 척추를 한 칸씩 내려놓는다. 그러고 나서 머리를 띄운다. 양쪽 어깨는 척추를 따라 주르륵 미끄러져 내려가고 머리는 척추 꼭대기에 싹처럼 돋는다. 지금까지 단 한 번도 이런 식으로 앉아본 적이 없었다.

"아주 잘 앉았어요. 훌륭하고 곧은 척추로군요. 마음에 쏙 들어요."

사이먼의 목소리가 등 뒤에서 들렸다.

"그대로 1분만 앉아 있어보세요. 오로지 앉아 있는 것에만 마음 쓰면서 1분을 지내보는 겁니다."

우리는 거의 대부분 무언가를 하기 위해 앉는다. 먹기 위해, 읽기 위해, 자판을 두드리기 위해, 쉬기 위해, 혹은 어던가로 이동하기 위해. 아무것도 하지 않고 앉아서 멍하니 있는 동안에도 우리는 몸을 지탱하는 의무를 의자에게 떠넘겼을 뿐 마음을 다해 앉아 있는 것은 아니다.

돌을 갓 지났을 무렵을 제외하고는 앉고, 서고, 걷는 일로 칭찬을 받아본 적이 없다. 실제로는 엄청난 성취임에도 불구하고 아무도 박수 쳐주지 않는다. "훌륭하게 서는구나.", "작년보다 훨씬 잘 앉는다. 진작 좀 그렇게 앉지!", "걸음걸이가 아주 상쾌해 보여. 연습을 많이 했구나."라고 북돋아주지 않는다.

그래서 우린 연습하지 않았다. 따로 시간을 내어 갈고 닦지 않았다. 학교에서 수없이 많은 나날을 보냈지만 배운 적 없었다. 그저 "똑바로 앉아, 똑바로 걸어, 똑바로 서."라는 말만 들었다. 하지만 어떻게 해야 제대로 앉고 서고 걷게 되는지는 아무도 가르쳐준 적이 없을 뿐만 아니라 누가 시범을 보여준 적도 없다.

사이먼은 하루에 1분씩만 앉고 서고 걷는 기본기에 투자할 것을 권했다.

"오늘은 앉아서 1분을 보냈으니 내일은 서서 1분을 지내보세요. 오로지 서 있는 몸만을 느끼면서 1분을 써야 해요. 몸이 나무처럼 아래로, 위로 자라나는 느낌을 가지기 위해 따로 시간을 내본 적 있나요? 눈을 감고 할 수 있으면 더욱 좋아요. 그리고 그다음 날은 1분간 걷기만 하는 거예요."

사이먼의 의자 위에 앉아 있던 그 1분 동안 나는 전혀 새로운 경험을 했다. 앉는 걸로 누군가에게 칭찬받고, 더 잘 앉기 위해 애쓰는 경험이었다. 그리고 그 '잘' 앉는 느낌을 기억하기 위해 어깨의 위치, 목의 각도, 발바닥에 전해지는 압력의 정도를 머릿속에 담았다. 외우려고 노력했다. 엉덩이발로 서는 것은 등을 기대고 앉는 것과는 차원이 다른 동작이었다.

싫은 사람과는 함께 걷지 않는다

인류 역사상 가장 적은 육체활동만을 하며 살아가고 있는 21세기에도, 우리는 다른 어떤 동작들보다도 '걷기'를 많이 한다. 종일 어딘가에 엉덩이를 붙이고 앉아 있는 '의자중독자'라도 어쨌든 이번 의자에서 다음 의자까지는 걸어가야 하는 운명인 것이다. 또한 걷는 것은 종종 움직임 이상의 의미를 갖는다. 굉장히 사적이고 친밀한 이벤트라서 "함께 걸을까?"라는 말은 아무에게나 쉽게 할 수 있는 말이 아니다.

싫은 사람과는 함께 걷지 않는다. 차라리 마주 앉고 말지. 누군가와 함께 나란히 속도를 맞추어 걷는 것은 몸과 마음의 리듬을 기꺼이 서로에게 맞춘다는 뜻이다. 서로를 의식하면서 다리와 팔을 같은 박자로 움직이는 그 경험은 굉장한 친밀감을 불러일으키기 때문에 웬만큼 호감이 느껴지지 않는 사람과는 함께할 마음이 들지 않는다.

지문처럼 독특한 걸음걸이로 혼자 걸어갈 때, 우리는 보이지 않는 막으로 둘러싸이게 된다. 타인이 쉽게 범접할 수 없는 그 시간과 공간의 막을 '프라이버시'라고 부른다. 그래서 누군가에게 "같이 좀 걸을까요?"라고 청하는 것은 집 안에 들이는 것처럼 나만의 사적인 공간에 초대하는 일이 된다.

나는 카페만큼이나 횡단보도를 좋아한다. 횡단보도는 모든 스쳐 지나가는 모습들의 전람회다. 사람들은 그 안에 아주 잠깐씩 스스로의 모습을 전시하고는 사라진다. 거기서 우리는 멈춰 서고, 기다리고, 바라보고, 둘러보고, 걷고, 서로를 피하고, 양보한다. 그리고 무엇보다 그곳은 2개의 세상이 만나는 곳이다. 저마다 비루한 현실을 건너 빛나는 미래로 가기 위해 조바심치며 파란불을 기다린다. 누군가가 스쳐 지나는 모습만큼 근사한 건 없다. 사과 광주리를 머리에 인 아주머니도 횡단보도를 건너는 모습은 그림이 된다. 비틀스를 비롯한 수많은 팝스타들이 앨범재킷 사진을 횡단보도를 건너며 찍은 데는 다 그만한 이유가 있다.

걸음걸이는 우리를 세상 속으로 데려다준다. 걷지 않고는 어떤 장면 속으로도 걸어 들어갈 수 없다. 누구와도 만날 수 없다.

밸런타인데이에 홀로 서서

밸런타인데이를 맞아 몇 주 전부터 거리는 온통 하트와 초콜릿으로 뒤덮여 술렁거린다. 하지만 나에게 오늘은 '서기'의 날이다. 나는 오늘 오로지 서 있기만 할 수 있는 1분을 낼 것이다. 아침에 세수를 하기 전, 세면대 앞에 서서 시도하지만 실패한다. 어질러진 화장품들과 쓰고 던져둔 티슈 조각들이 눈에 들어와 정리를 하고 만다. 지난 2주간 그대로 내버려두고 신경조차 쓰지 않았던 것들인데 갑자기 신경이 쓰인다.

다시 시도하지만 턱에 난 뾰루지가 거울에 비쳐서 다시 실패한다. 1분은 생각보다 긴 시간이었고 안 하던 짓을 하려니 내 몸과 마음이 무슨 수를 써서든 반항하려 했다. 서 있는 방식을 바꾸겠다고? 또 무슨 바람이 분 거야? 우린 이

대로 지금껏 잘해왔잖아. 어차피 얼마 안 가 그만둘 거, 귀찮게 좀 굴지 마. 어지간히 한가한 모양이군! 정 할 일이 없으면 세면대 청소나 좀 하든가. 결국 거울 앞에서, 집에서 하는 건 포기한다. 거긴 혼잣말의 본고장인 데다 나 아니면 할 사람이 없는 자잘한 일들이 너무 많다.

집을 나와 버스 정류장으로 향한다. 버스를 기다리며 다시 시도한다. 마침 버스 정류장 표지판이 멋지게 시범을 보여주며 서 있다. 동그란 머리를 위로 띄우고 반듯하게. 늘 느끼는 거지만 표지판 씨, 정말 자세가 좋군요. 표지판은 얼굴에 붙어 있는 광고전단지로 대답한다. '사랑하는 이에게 로맨틱한 디너를 선물하세요!'

나는 그 표지판 옆에 선다. 꼬리. 엉덩이근육을 탄탄하게 해서 몸의 중심을 잡는다. 엉덩이근육은 서 있을 때 쓰라고 있는 것이다. 몸속으로 빨아들인 꼬리뼈를 살짝 위로 든다. 머릿속에 경쾌하게 꼬리를 치켜들고 서 있는 고양이 그림이 떠오른다. 꼬리, 꼬리⋯. 꼬리뼈부터 모든 것이 시작된다. 꼬리부터 시작된 척추는 위로 오르고 꼬리부터 뻗어 나온 두 다리뼈는 아래로 흐른다. 맙소사, 그새 또 목이 사라져버렸군. 머리가 어디에 있지? 혀끝으로 입천장을 톡 쳐서 거기서부터 시작되는 머리를 10cm쯤 위로 띄워 올린다.

그다음은 귀. 페르시아 고양이의 귀처럼 도도한 한 쌍의 귀가 살짝 앞으로 기울어진 각도로 자라난다. 그 귀의 끝에 실을 달아 머리가 둥실 떠오르도록 한다. 목이 시원하게 기지개를 켜며 비로소 나타난다. 목은 머리를 얹어 놓으라고 있는 것이 아니다.

다시 꼬리로 돌아가자. 꼬리뼈로부터 뻗어 나간 두 날개와 어깨를 느낀다. 팔의 무게가 느껴져야 한다. 승모근으로 움켜쥐고 있던 양쪽 어깨를 놓는다. 어깨는 젖은 타월처럼 두 팔을 타고 흘러내려 손끝에서 물방울을 뚝뚝 떨어뜨린다. 시간이 지날수록 머리는 더 가볍게 팔은 더 무겁게 느껴진다. 귀와 어깨 사이가 점점 더 멀어져간다. 그 사이에서 따뜻한 반죽처럼 목이 길고 편안하게 늘어난다. 양 발꿈치는 나무의 뿌리처럼 땅속으로 스며들어 박힌다. 머리는 풍선처럼 가볍고 두 발은 뿌리처럼 무겁다.

바르게 느끼기만 하면 서 있는 것은 굉장히 편안한 경험이었다. 안정감이 수액처럼 차오른다. 이제부터는 항상 이렇게 서리라. 다시는 예전 방식으로 돌아가지 않으리. 그 느낌 속에 서 있으면서 하나씩 자세를 외우다 보니 1분 30초가 지나 있었다. 성공.

'걷기의 날'은 기념비적이었다. 지난 아홉 달 동안 해왔던 제자리걸음이 실은 착실히 나를 어디론가 데려가고 있었다는 사실을 오늘 걸으면서 깨달았다. 자세 프로젝트 내내 나를 향해 느꼈던 실망과 좌절들을 한꺼번에 보상받는 느낌이었다.

아침 일찍부터 나는 서둘렀다. 약속이 3건이나 잡힌 데다 세탁기가 고장 나는 바람에 밀린 빨랫감을 세탁소에 맡겨야 했다. 대신 나는 그 모든 일정들을 걸어서 처리하기로 마음먹었다. 처음 약속장소까지는 걸어서 30분 정도 걸리기 때문에 일찍 나선 것이다. 버스를 타면 5분 거리다.

오로지 걷는 것만 생각하기로 작정하고 나선 길이지만 '걷기'만 빼고 모든 생각들이 솟아났다. 오늘 만나서 친구와 나눌 대화들, 어젯밤 깜박 잊고 냉장고에 넣지 않은 우유, 조카 생일에 보낼 선물, 10년 전에 봤던 드라마 장면까지 떠올라서 와글와글 나와 함께 걸었다. 생각들은 좀처럼 우릴 혼자 걷게 내버려두지 않는다.

배운 지식을 총동원하여 행동을 개시할 때다. 포켓타임. 시간의 포켓 속으로 들어가자. 나는 숨을 크게 들이마셨다. 지금 이 순간, 걷기보다 중요한 건 없어. 그 시간의 포켓 속에서 코치의 목소리가 들렸다. 꼬리, 귀, 수염…. 금세 척추가 주욱 펴지고 머리가 둥실 떠오른다. 그러자 몇 달 전에 머릿속에 붙여둔 포스트잇이 눈에 들어온다. '머리가 어디에 있지?' 혀끝으로 입천장을 톡 친다. 여기서부터 머리다.

키가 쑥 커진 느낌. 갑자기 가슴의 공간이 활짝 열리면서 목과 어깨 부분이 헐렁헐렁해진다. 바람과 햇빛이 나를 통과하는 것이 느껴진다. 또 발바닥으로 땅에 도장 찍듯 터벅터벅 걷고 있구나. 노를 저어서 가자. 더 기다란 노가 필요해. 꼬리로 돌아온다. 다시 꼬리부터 시작하자. 꼬리뼈부터 발바닥 아래 5cm까지 다리를 길게 늘인다. 그 노가 삐걱거리지 않도록 골반과 무릎, 발목의 뼈 사이사이에 마시멜로우를 듬뿍 채워 넣는다. 내가 노를 젓는 게 아니다. 꼬리뼈에게 맡겨라. 꼬리뼈가 오른다리, 왼다리 2개의 노를 쥐고 능숙하게 공기 속을 저어가는 것을 느끼기만 하면 된다.

그러다 어느 순간, 거리의 풍경들이 아무 힘 들이지 않고 날 휙휙 스치고 지나간다. '몸을 타고 간다.'는 게 이런 느낌이구나. 감동이 밀려왔다. 물 위를 미끄러지듯 공간을 헤치며 몸이 쓰윽쓰윽 앞으로 나아간다. 나는 걷고 있다!

결국, 풍선을 말뚝에
매어놓는 게임

엎질러진 물은 엎질러진 물이고,
그 깨진 유리컵과 물을 어떻게 주워 담는가는 우리의 인생이다.
삶의 한 장면. 몸은 그 장면을 기억하고 저장한다.
벌떡 일어나 허둥지둥 걸레와 빗자루를 찾기 전에
멈추고 시간의 포켓 속으로 들어가자.
1초면 코치를 불러내기 충분한 시간이다.
'꼬리, 귀, 수염'. 그것만으로도 몸은 머리를 위로 띄우고
척추에서 골반까지 주욱 펴 늘인다. 그러고 나서 행동 개시.
그 모든 순간에 기억해야 할 것은
나는 언제나 움직임의 중심, 꼬리뼈에 있다는 사실이다.
최고 사령관은 최전선으로 달려가지 않는다.

마침내 풍선 이야기를 하게 되어서 기쁘다. 여기까지 오기 위해서 그 모든 이야기들을 했다. 앉는 법, 서는 법, 걷는 법을 한마디로 요약해야 한다면 '풍선을 말뚝에 매어놓는 게임'이 될 것이다. 풍선은 가볍게, 말뚝은 무겁게 느끼기 위해서 꼬리, 귀, 수염이 필요했다.

우리 몸에는 가볍게 느껴야 할 부분과 무겁게 느껴야 할 부분이 있다. 가벼운 부분은 떠오르고 무거운 부분은 가라앉는다. 매어놓은 풍선처럼.

가벼워서 떠오르는 부분 : 머리, 척추.
무거워서 가라앉는 부분 : 팔, 다리.

머리가 풍선이다. 척추는 풍선에 묶인 실이다. 풍선은 실을 매달고 떠오른다. 척추는 팔과 다리를 움켜쥐고 있던 손을 놓아버리고 머리를 따라 홀가분하게 위로 떠오른다. 지금 속으로 '뭐라고?' 하며 놀랐는가? 맞게 읽었다. 팔과 다리가 척추로부터 떨어져나와 따로 논다는 뜻이다. 생선의 뼈를 바를 때 머리뼈를 들면 주루룩 딸려 나오는 등뼈를 떠올려보기 바란다. 등뼈에 지느러미가 딸려 나오는 일은 없다. 머리뼈부터 꼬리뼈까지가 한통속이다. 팔과 다리는 아래로 가라앉는 영역이다. 머리가 가는 곳에 꼬리뼈까지 딸려가게 되어 있다. 여기까지만 상상하고 느껴도 척추가 해방감을 느끼며 둥실 떠오르는 쾌감이 전해질 것이다.

척추와 팔을 분리시키는 것이 핵심이다. 이 부분에서 생각의 기술이 빛을 발한다. 한쪽 팔은 약 3.8kg, 큰 설탕 4봉지 무게의 추이다. 그걸 들고 있을 필요가 없다. 지금껏 우리는 승모근으로, 어깨로 혹은 윗등과 가슴으로 8kg 어린아이를 24시간 들고 있었다. 팔의 무게에서 풀려난 척추가 실처럼 풍선을 따라 떠오르는 걸 느끼자. 그 실의 끄트머리에 작은 단추처럼 꼬리뼈가 달려 있다. 그 덕분에 풍선이 끝없이 떠올라 천장에 부딪히지 않는 것이다.

양쪽 날개뼈가 척추로부터 떨어져나와 묵직한 팔과 손의 무게에 이끌려 아래로 미끄러져 내리다가 그 단추에서 걸린다. 다시 한 번, 팔은 젖은 빨래처럼 '걸어두는' 것이지 '들고 있는' 것이 아니다. 상상의 힘으로 꼬리뼈에 걸어둘 수 있다면 가장 좋다. 뿌리처럼 무거운 두 다리는 그 꼬리뼈 단추를 매어두는 말뚝이다. 단추는 풍선과 말뚝이, 가벼운 것과 무거운 것이 만나는 지점이며 움직임이 시작되는 점이다. 우리는 그 단추를 쥐고 앉고, 서고, 걷는다. 이 그림을 떠올리고 몸으로 그 이미지를 출력하는 것이 자세 프로젝트다.

마음의 병은 상상력의 부족으로부터 생긴다고, 표현예

술 치유전문가 파울로 닐Paolo Knill이 말한 적 있다. 고통으로부터 벗어날 수 있는 방법을 상상할 수 있는 능력이 부족하기 때문이라고. 비단 마음의 병뿐이겠는가? 자세의 병도 상상력의 부족 때문에 생긴다. 가볍고 우아한 움직임을 눈앞에 그릴 수 있는 사람은 많지 않다. 스스로의 몸이 쫙 펴지고 활짝 피어서 싱싱하게 움직이는 느낌을 상상하는 것만으로도 많은 것이 바뀌는데도.

몸느낌을 바꾸기 위해 우리에게 필요한 것은 '이미지'이지 해부학 지식이 아니다. 몸을, 자세를, 운동을 이야기하는 이들은 으레 인체 해부도를 펼친다. 나도 피트니스 강사 자격시험을 통과하기 위해 뼈와 근육들에 붙은, 외계어를 연상시키는 라틴어 이름들을 외웠었다. 요가 강사 코스를 하면서는 그 위에 덧붙여 해부학적으로도 설명할 길 없는 '보이지는 않지만 존재하는' 몸의 길들을 외웠었다. 수슘나, 핑갈라, 차크라, 나디, 프라나…. 하지만 몸의 어디에 무엇이 어떤 이름으로 왜 붙어 있는지를 아는 것은 내 몸을 편안하게 해주지 못했다. 유연하고 활기찬 느낌을 주지 못했다.

오케스트라의 지휘자처럼 그 모든 것들이 정연하게 하나의 멜로디를 둘러싸고 각자의 소리를 내도록 하는 것이 '바디 이미지'다. 뼈와 근육과 들숨과 날숨, 에너지가 동시에 떠올리고 따라 할 수 있는 뚜렷한 그림이 있어야 한다. 생각으로 하는 체형 성형은 그 이미지를 축으로 이루어진다. 뼈의 정확한 모양을 몰라도, 근육의 이름을 몰라도 우리 몸은 이미지에 반응한다. 이제 어떤 그림을 붙여놓고 앉고, 서고, 걸어야 하는지를 이야기해보자. 10년 넘게 피트니스와 요가, 춤에 탐닉하고, 지난 1년간 운동하지 않고 춤추지 않는 모든 순간의 움직임에 몰두해왔던 나의 경험으로 '벌룬캣 테크닉'이 탄생했다. 말 그대로 귀와 수염과 꼬리가 달린 풍선을 떠올리는 기술이며 우스우리만큼 쉽고도 간단하다. 그 대신, 앉고, 서고, 걷기 전에 시간의 포켓 속에 들어가 몇 가지 외워야 할 것들이 있다. 구구단처럼.

앉기 전에 외워야 할 것들 :
꼬리, 귀, 앉는 발, 수염, 풍선

의자에 앉기 전에 한순간, 꼬리. 맨 먼저 꼬리를 달고 있다는 사실을 기억한다. 기억하는 순간 꼬리가 느껴진다. 그 꼬리를 깔고 앉지 않도록 뒤로 뺀 뒤 맵시 있게 들어 올린다. 이미 꼬리를 깔고 앉아버렸다면 엉덩이를 살짝 들고 빼내면 된다.

그다음은 귀. 양쪽 귀를 쫑긋 세우면 척추가 정수리부

터 꼬리뼈까지 반듯한 선을 그리며 길게 늘어선다. 머리 위한 뼘 정도까지다. 그 척추의 길이를 그대로 유지하면서 엉덩이뼈(좌골)로 의자 표면에 착지한 뒤 그 한 쌍의 발 위로 조심스럽게 상체의 무게를 내려놓는다. 단, 머리만 빼고. 머리는 여전히 귀를 따라 위로 떠오르는 중이다. 의자에 깊숙이 앉지 않는다. 언제라도 가뿐히 일어날 수 있는 자세가 바른 자세다. 걸터앉는 기분이다. 꼬리뼈만 살짝 들면 종이인형처럼 가볍게 다시 일어설 수 있어야 한다.

한자리에 오래 앉을수록 허물어지듯이 앉는 것이 아니라 케이크 위의 체리처럼 오똑 앉아야 한다. 엉덩이뼈에 체중의 60% 정도가 실리고 바닥을 딛고 있는 발에 나머지 40%가 실리면 완벽하다. 그렇게 앉으면 언제라도 사뿐히 일어설 수 있다.

다시 일어서는 게 귀찮고 힘들게 느껴진다면 잘못 앉은 것이다. 앉은 게 아니라 널브러져버린 것이다. 척추를 허물어뜨리고 꼬리를 깔고 앉으면 두 번 다시 일어설 마음이 들지 않는다. 성공적으로 앉는 발 위에서 무게중심을 잡았다면 어깨와 가슴에 힘을 풀고 귀를 세운다. 귀는 조금씩 위로 떠오르고 날개뼈와 어깨는 조금씩 밑으로 흘러내려가 그 둘의 사이는 점점 멀어져간다.

앉은키를 최대한 크게 하는 것이 비결이다. 제대로 끝내주게 오똑 앉으면 서 있는 것보다 많은 칼로리를 태울 수 있다.

마지막으로 콧수염. 수염은 표정과 기분의 영역이다. 기다란 콧수염을 나비날개처럼 활짝 펼친다. 은색으로 반짝이는 고양이 콧수염을 떠올릴 때마다 유쾌한 기분이 된다. 뺨과 눈가가 환하게 펴지고 입꼬리가 올라가면서 상냥한 얼굴이 된다. 콧수염을 활짝 펴는 것은 표정을 밝게 하는 것 말고도 턱의 긴장을 풀고 어금니를 앙 무는 버릇을 고쳐주는 효과도 있다. 턱과 어금니는 척추의 가장 윗부분에 연결되어 있는 골격이다. 그곳으로 스트레스를 견디는 습관이 있다면(나처럼) 그 긴장은 고스란히 척추로 전해진다. 엉덩이발 위에 제대로 오똑 서 있으면 시야가 탁 트이면서 모든 것이 달라 보인다.

이제 당신은 의자에 매어놓은 풍선이다. 꼬리와 귀와 수염을 달고 의자 위에 둥실 떠 있는 벌룬캣이다.

서 있을 때 외워야 할 것들 :
꼬리, 다이아몬드, 귀, 수염, 풍선

언제나 시작과 끝은 꼬리이다. 꼬리. 엉덩이근육은 서 있을 때 쓰라고 있는 것이다. 서 있을 때 꼬리뼈는 3캐럿짜리 다이아몬드가 된다. 코르셋 안쪽으로 깊숙이 빨아들여 탄탄해진 엉덩이근육 위에 편안히 몸을 맡긴다. 좀 더 강한 피트니스 효과를 원한다면 발꿈치를 붙이고 선다. 오른쪽, 왼쪽 발 뒤꿈치부터 시작되어 다리의 뒷부분을 타고 올라와 꼬리뼈에서 만나는 두 가닥의 선을 느껴보자. 딱 붙인 두 발뒤꿈치에 서서히 힘을 주어 두 다리 사이에 틈이 사라질 정도까지 밀어붙이면 우리는 자연스레 더욱 강력한 투명 코르셋을 입고 있을 수 있다.

그다음은 귀. 앉아 있을 때보다 서 있을 때 귀를 한 뼘쯤 더 높이 세울 수 있다. 귀를 들 땐 언제나 목의 뒷부분이 길게 늘어나는 걸 느낀다. 귀를 따라 양쪽 광대뼈가 살짝 들리면서 어금니에 힘이 풀린다. 입천장이 높아지면서 입안의 공간이 넉넉해진다. 혀뿌리를 쥐고 있었다면 놓아준다.

그다음은 수염. 수염이 나 있는 인중 부분부터 양 뺨을 활짝 펴서 젊고 건강한 몸의 사인을 완성한다. 은빛 수염을 활짝 펼치고 귀를 쫑긋 세운 고양이 얼굴의 풍선이 위로 떠오른다. 척추는 실처럼 풍선을 따라 위로 올라간다. 풍선이 날아가버리지 않도록 그 실 끝에 매어달린 꼬리뼈를 땅에 뿌리내린 다리에 묶는다.

이제 당신은 말뚝에 매어놓은 풍선이다. 머리는 끊임없이 떠오르려 하고 두 팔과 다리는 무거워서 끝없이 가라앉는다. 척추는 이 끝과 저 끝 사이에 묶여 팽팽하게 당겨져 있다.

걸으면서 외워야 할 것들 :
꼬리, 귀, 마시멜로우, 수염, 풍선

제일 먼저 꼬리. 겁먹은 고양이처럼 꼬리를 다리 사이에 끼우고 있지는 않은지 살핀다. 꼬리에 힘을 주어 살짝 들어 올린다. 그리고 걸을 때마다 기분 좋게 살랑살랑 좌우로 가볍게 흔들리는 꼬리를 느낀다. 다리와 발로 걷는 것이 아니라 꼬리를 흔들어 다리를 움직인다.

그리고 귀를 세운다. 머리 위 10cm 정도 쫑긋 솟은 귀는 살짝 앞쪽으로 기울어져 있다. 귀를 세운 그 머리는 너무 가볍고 높게 둥실 떠 있어서 꼬리가 흔들릴 때마다 아주 조금씩 따라 흔들린다. 마시멜로는 엉덩이뼈와 다리뼈가 만나는 부분, 무릎과 정강이뼈가 만나는 부분, 그리고 발목에 끼운다. 이렇게 하고 나면 꼬리로부터 시작된 움직임이 다리를 타고 내려오는 동안 소중한 연골에 무리를 주지 않고 한 걸음 한 걸음이 힙업운동이 된다.

그리고 수염. 우리 곁을 스쳐 지나가는 사람들은 다들 얼마나 우울하고 험악한 표정으로 걷고 있는지! 그럴수록 입술 위에 돋아 있는 수염을 활짝 펴고 걷자. '여기 마음 가벼운 사람도 하나 걷고 있다.'는 사실을 그들이 알게 해주는 것도 의미 있는 일일 테니까.

이제 당신은 실 끝에 단추를 매달고 길 위를 동실동실 떠가는 풍선이다.

지긋지긋해라,
'나'라는 버릇!

지긋지긋해라, '나'라는 버릇!
이 거대한 불안의 버릇.
자꾸만 엉뚱한 것을 원하는 버릇,
내 길이 아닌 걸 알면서도 계속 달리는 버릇,
그래서 자꾸만 꿈에서 멀어져가는 버릇.

그녀는 나를 유심히 바라보더니 물었다.

"정말로 몸을 다시 세우고 싶어요? 그러니까, 진정으로 그걸 원해요?"

"당연하죠. 원하니까 이 먼 데까지 당신을 찾아왔고, 정말 원하니까 이렇게 하소연도 하고 있는 거잖아요."

"그럼 기분이 어떻든 그냥 계속하세요."

그날 나는 정말로 기분이 좋지 않았다. 아침에 눈을 떴을 때부터 마음에 알 수 없는 먹구름이 낀 듯하더니, 집을 나서면서부터 사사건건 내 신경을 건드리는 일들만 일어났다. 그리고 나의 자세코치 올리비아는 그런 날 만나기에 적합한 사람이 아니었다. 좀 봐줘 가면서 살살 하는 법이 없는 사람.

"마음 가는 대로만 살면 당신은 어디에도 못 갑니다. 언제 단 한 번이라도 결심이 버릇을 이긴 적이 있던가요? '그걸 할 마음'이 들 때까지 기다리다가는 '마음은 가는데 몸이 가지 않는' 날이 오게 됩니다. 원하는 것과 원하는 것을 '하는' 것은 전혀 다른 일이에요. 피아니스트가 되고 싶지만 피아노 연습을 하기는 싫죠. 누구나 몸무게 5kg을 빼고 싶어하지만 지금 먹고 있는 케이크의 마지막 한 입은 남기기 싫잖아요?

하지만 원하는 곳에 가기 위해서는 몸을 움직여 거기

까지 가야 합니다. 꼭 가고 싶다면 다리가 아파도, 피곤해도 그냥 가는 거예요. 우리 마음은 항상 말하죠. '그걸 원해. 하지만 지금은 그걸 할 기분이 아니야.' 기분은 무시하세요. 당신은 결코 그걸 '할 기분'이 들지 않을 테니까요."

올리비아는 기분에 따라 오르락내리락 하는 나의 수업 태도를 꾸짖고 있었다. 나는 얼굴이 붉어졌다.

"세라 씨, 나는 당신이 원하는 곳에 갈 수 있도록 도와줄 뿐입니다. 미안하지만 거기까지 가는 동안 당신이 어떤 기분인지는 관심 없어요."

그녀의 말은 맞았다. 언제 단 한 번이라도 '결심'이 '버릇'을 이긴 적이 있던가? 인간은 애초에 결심을 실행에 옮기도록 진화한 종족이 아니다. 애석하게도 우리 뇌가 그 결심을 밀고 나가는 쪽으로 진화하지 못했다. 뇌는 기본적으로 생존장치다. 전투장치가 아니다. 조금이라도 더 안전한 것, 익숙한 것, 편한 것 쪽으로 끌리는 게 정상이다. DNA에 뿌리 깊이 박혀 뇌가 충실히 이행하고 있는 본능 중에 '게으름'이 포함되어 있는 존재인 것이다. 쉬운 것, 애쓰지 않고도, 즉 불필요한 칼로리를 소비하지 않고도 해결될 수 있는 방법이 있으면 그쪽을 선택하도록 기본 세팅되어 있다.

불타는 정열로 굳은 결심을 할 수는 있다. 손가락 끝을 잘라 혈서를 쓸 수도 있다. 하지만 습관이 치고 들어오면 왕 앞의 환관처럼 공손히 물러서는 것이 그 순간의 굳은 결심이다. 그러니까, 그 습관은 '한번 마음먹는다고', '굳게 결심한다'고 바뀔 수 있는 게 아니다. 한동안은 뇌를 속일 수 있을지 모르지만 그리 오래 가지 못한다. 습관은 탄성 좋은 고무처럼 제자리로 돌아오고야 만다. 우릴 바꿀 수 있는 것은 오로지 다른 습관뿐이다. 단, 그 새로운 습관이 먼저의 습관을 누를 만큼 힘이 세야 한다.

가령, 어느 날 당신이 하이에나로 지내는 것이 지긋지긋해서 호랑이로 살기로 결심했다고 치자. 결심과 함께 태어난 호랑이 새끼는 아직 눈도 뜨지 못한다. 반면 하이에나는 이미 당신의 나이만큼 크고 용맹하고 온갖 경험으로 잔뼈가 굵어졌다. 갓 태어난 호랑이는 그 노련한 하이에나의 상대가 되지 않는다. 그리고 물론 하이에나는 그 호랑이 새끼를 없애려고 온갖 짓을 다 할 것이다.

그 새끼가 자랄 때까지 먹이를 주고 키우고 지키는 것은 당신의 몫이다. 처음엔 번번이 지고 말겠지만 끈기를 가지고 계속 호랑이 쪽으로 먹이를 몰아주어야 한다. 하이에나가 힘을 잃고 호랑이가 늠름해질 때까지 집중의 끈을 놓지 않아야 한다. 집중이란 햇빛과 물과 같다. 그걸 받으면 무엇이든 자란다. 좋은 것이건 나쁜 것이건 관심과 집중을 받게 되면 에일리언의 알처럼 우릴 숙주로 삼아 몸을 키우다가 결국은 우리를 삼켜버린다. 매 순간, 무엇에 물과 햇빛을 줄 것인지 생각한 뒤 결정할 것을 권한다.

마음 가는 데로 살면
당신은 어디에도 못 갑니다

낡은 습관을 자를 새로운 습관이 충분히 강해질 때까지 집중하기 위해선 무엇이 필요할까? 그것은 훌륭한 코치가 갖추어야 할 덕목과 같다. 끈기와 너그러움. 그리고 유머감각. 너그럽지 않으면 오래 할 수 없다.

언젠가 지체부자유 어린이들을 가르치는 학교에 간 적이 있다. 그곳에서 나는 '너그러움'을 보았다. 빨강머리에 빨간 테 안경을 쓴 한 여자 선생님이 어린 여자아이에게 스푼을 쥐고 밥 먹는 법을 가르치고 있었다. 선생님이 스푼을 쥐어주는 순간 아이는 그 스푼을 바닥에 내동댕이쳤다. 그 작은 손은 무언가를 쥐고 있는 것을 견디지 못하는 것 같았다. 선생님은 스푼을 주워 다시 아이의 손바닥 가운데에 놓고 자신의 손으로 아이의 손을 감쌌다.

"이게 스푼이야. 손으로 스푼을 쥐는 거야."

그녀는 다정하게 말하면서 쥐는 법을 가르쳐주려 했다. 하지만 선생님의 손이 떠나는 순간 아이는 미련 없이 다시 스푼을 던져버렸다. 나는 그 모습을 지켜보았다. 지켜보는 것만으로도 나의 뱃속이 부글부글 끓어올랐다. '그만큼 주워줬으면 됐잖아. 이젠 손에 쥐고 있는 시늉이라도 좀 하지 그래?' 그 귀엽게 생긴 아이의 얼굴이 하나도 예쁘지 않았다. 하지만 그 선생님은 한숨을 쉬지도, 체념한 듯 어깨를 으쓱하지도 않았다.

그녀는 스푼을 주워 손에 쥐어줄 때마다 매번 처음인 듯 똑같은 정성으로, 똑같은 상냥함으로, 아이의 눈을 들여다보며 스푼을 쥐어주었다.

"스푼, 이게 스푼이야. 손으로 이렇게 쥐어봐."

내가 보고 있는 동안에만 선생님은 적어도 100번은 그렇게 스푼을 쥐어주었고 아이는 100번 다 스푼을 집어던졌다. 그리고 우유를 부은 코코볼을 손가락으로 집어 입에 넣으려 했다. 아이는 지금껏 그렇게 먹어왔을 것이다. 왜 내가 그들이 100번을 쥐어주고 던질 동안 그 똑같은 장면을 계속 지켜보고 있었는지 모르겠다. 무슨 이유에선지 눈을 뗄 수가 없었다. 어떤 순간에는 내가 그 선생님처럼 느껴졌고, 또 어떤 순간에는 그 아이처럼 느껴져서가 아니었을까? 아아,

지긋지긋해라, '나'라는 버릇!

　　그러다가 어느 순간, 아이가 스푼을 쥐었다. 주먹을 감싸고 있던 선생님의 손이 떠나고 난 뒤에도 그 작은 손가락이 작은 스푼을 얌전히 쥐고 귀여운 얼굴은 명상에 빠진 듯 고요하게 변했다.
　　"스푼을 느끼고 있는 거예요."
　　선생님이 넋을 놓고 보고 있던 나를 향해 말했다.
　　"이제 이 아이는 스푼을 배웠어요."
　　나는 대답했다.
　　"인내심이 대단하시네요. 한번 화를 내실 법도 한데."
　　그녀는 웃었다.
　　"이 아이 정도면 굉장히 빨리 배운 거예요. 우리 학교에선 이 정도로 진도가 나가면 천재라고 부르는 걸요."

　　자세 프로젝트를 하던 어느 순간 퍼뜩 그 선생님의 말이 떠올랐다. 그녀의 말이 맞았다. 끈덕지게도 고집을 피우며 하던 대로 하겠다는 내 몸에 비하면 그 아이는 천재 수준이었다. 나도 100번 남짓만 가르쳐서 알아듣는 천재였다면, 내 몸은 시작하던 첫 주에 벌써 환골탈태를 하고도 남았을 터이다. 고집 세고 미련한 데다 교활하기까지 한 내 몸의 습관들은 잠시 고분고분 말을 듣는 듯하다가 내가 손을 떼는 순간 스푼을 내동댕이쳤다. 그리고 나는 그때마다 이성을 잃고 불같이 화를 냈다.

"내 또 이럴 줄 알았지, 넌 구제불능에다 돌대가리야!"

유머감각은 고사하고 끈기도, 너그러움도 찾아볼 수 없는 최악의 코치였다.

시인이자 철학자인 데이비드 화이트David Whyte는 그의 저서 《세 번의 결혼The Thee Marriages》에서 일생 동안 우리는 3번 결혼한다고 말한다. 한 번은 배우자와, 한 번은 일과, 또 한 번은 스스로와. 배우자와 갈등이 깊어지면 헤어질 수 있다. 일이 삶을 황폐하게 만드는 느낌이 들 땐 그만둘 수 있다. 하지만 '나'와의 관계가 틀어지고 나면 출구 없는 감옥에 갇히게 된다. 그만둘 수도, 이혼할 수도 없는 관계 속에서 전전긍긍하다가 어느 순간, 습관에게 몸을 넘겨주고 우리는 포기한다. 그 관계를 다시 회복할 수 있는 기회가 와도 무시하게 된다.

누가 나에게 스푼을
100번 쥐어줄 것인가?

가벼운 차림, 가벼운 걸음걸이가 아니면
먼 길을 갈 수 없듯이, 이것은
가볍지만 끈기 있는 마음이 이기는 게임이다.
바위를 깎고 나무를 휘게 하는 것은
끈질기게 떨어지는 물방울,
혹은 한 방향으로 불어오는 바람이다.
몸틀을 바꾸는 것도 마찬가지다.
산들바람처럼 매 순간 스스로를 터치해야 한다.
틀이 바뀔 때까지.

당신의 자세가 바뀔 때까지 끈덕지게 코칭해줄 수 있는 사람은 당신뿐이다. 그 어떤 코치도 24시간 당신 옆에 붙어 있을 수 없다. 당신이 서고, 앉고, 걸으려 하는 매 순간 알아차리고 '꼬리, 귀!'라고 말해줄 수 없다. 100번 스푼을 쥐어줄 수 없다.

새로운 몸습관을 들일 때 필요한 것은 집중력이다. 집중해서 매달리는 힘. 그것도 질 좋은 집중력이 필요하다. 바보스러울 정도로 매달릴 수 있어야 한다. 정확한 지점을 끈기 있게 반복해서 느끼고 바라볼 수 있는 감정적 체력이 집중력이다. 재활훈련을 한다는 마음으로 아예 처음부터 스스로에게 움직이는 법을 새로 가르쳐줄 수 있는 애정도 필요하다. 제대로 할 때까지 끈기를 가지고 집중해주면 몸은 바뀐다. 무엇 하나를 제대로 느끼고, 배우고, 그것을 몸에 붙이려면 그 하나에만 머물러 씹고, 삼키고, 소화시킬 수 있는 시간이 필요하다. 그것을 흡수력이라고 부른다.

지금껏 우리를 스치고 지나갔던 그 기막힌 정보들을 기억하는가? 우리가 원하는 거의 모든 것들에 대한 지식과 노하우들은 이미 우리 앞에 찾아왔었다. 그것도 여러 번, 말하는 방식을 바꿔가면서. 그저 우리에게 흡수력이 없었을 뿐이다. 중요하다고 느껴지는 지식 앞에 멈추어서고, 그 아이디어가 내 안에 근육으로 자리 잡을 때까지 누에고치처럼 한자리에 매달려 있을 수 있는 진득함이 없었을 뿐이다. 그래서 몸을 바꿀 수 있는, 원하던 것을 얻을 수 있는, 살아가는 방식을 바꿀 수 있는 소중한 기회들을 그냥 스쳐 가게 내버려두었다.

　군이 변명을 하자면 현대인의 천형과도 같은 웹Web병 속에서 그것은 쉬운 노릇이 아니다. 내가 몸에 정신을 집중하고 자세를 바로 잡으려 할 때마다 무언가 다른 중요한 일이 어딘가에서 날 부르고 있는 듯한 환청이 들렸다. 그리고 거의 언제나 그 환청의 근원은 인터넷이었다. 손가락으로 밀기만 하면 열리는, 환한 빛이 쏟아져 나오는 그 사각의 문 속으로 어서 들어가자고 내 마음의 습관이 재촉하는 소리였다.
　그곳엔 '내 몸과 내 마음'을 빼곤 모든 것이 있었다. 드넓은 세상 속에서 온갖 일들이 일어나고 있었고 그 속에 정신을 팔고 다른 이들이 어디에 정신을 팔고 있는지를 따라가다 보면 내가 해야 할 일은 하나도 없었다. 너무나 엄청난 사건들이 일어나고 있었고, 너무나 멋진 인간들이 자가용 제트기를 타고 휴가를 떠나고 있었으며, 너무나 가여운 수천 명의 아이들이 기아로 죽어가고 있었다. 그 스케일 속에서 내가 어떻게 앉는지, 어떻게 걷는지 따위는 너무나 우스워져 다시 모든 귀찮은 결심들과 함께 옆으로 제쳐둘 수가 있었다.

그 수동적인 안락함, '남의 이야기'를 구경하며 보내는 시간이 주는 편안함과 자유로움, 그 속으로 도망치고 싶은 열망이 내 자세 프로젝트의 가장 큰 적이었다. '나'를 견디느니 다른 이가 피우는 번잡스러운 소란을 견디는 편이 나았다.

'그까짓 자세 하나'를 바꾸는 데 용기가 필요할까? 용기뿐만 아니라 희생도 필요하다. 우리 인간의 가장 큰 열망, '그냥 하던 대로 하려는' 본성을 거슬러야 하기 때문이다. 앉는 습관 하나를 바꾸려 해도 상상을 초월하는 거센 내부적 반란에 부딪힐 것이다. 몸을 다시 느끼고 그 느낌을 느끼려는 순간마다 '이 무슨 시간낭비란 말인가, 다른 할 일이 산처럼 쌓여 있는데.'라는 목소리가 들릴 것이다. 하지만 그때마다 우리가 지지 않고 해야 할 대답이 있다.

'지금 이보다 더 중요한 일은 없어.'

찬성하는가? 앉아 있는 순간에 앉아 있는 것보다 중요한 일은 없다. 서 있는 순간에 서 있는 것에 목숨 걸 수 있어야 한다. 그것에 동의하는 것부터 시작하자.

우리의 움직임은 두 종류로 나누어진다. 무의식적이거

나 자동으로 해내는 동작들과 주의를 기울여야 하는 동작들. 나이가 들수록, 일상의 경험이 쌓일수록 신경 쓰지 않고 할 수 있는 움직임의 영역이 늘어난다. 어린아이들에겐 첫 솔질을 하는 일이, 길을 건너는 일이 온몸으로 뛰어드는 스릴 넘치는 모험이라면, 그 아이의 엄마에겐 한손으로 유모차를 밀면서 다른 한손엔 커피를 들고 어깨로 폰을 받치고 통화를 하면서 횡단보도를 건너는 일쯤 대수롭지 않다.

움직임들을 무감각하게 해치우다 보면 어느 걸에 느끼고 생각하고 말하는 방식까지 틀에 박히게 된다. 그 틀이 굳어지면 삶이 무감각하게 느껴지는 순간이 온다. 무심코 습관 속에 굳어져버린 움직임의 패턴들, 이미 몸에 배어서 편안하게 느껴지는 몸 쓰기 방식들에 우린 고집스레 매달린다.

그래서 때때로 오랜 세월 반복해온 고정된 일상이 흔들릴 때면 짜증과 불안에 휩싸인다. 예상치 못했던 일들이 일어나, 나와 습관 사이에 불쑥 끼어드는 것을 환영하는 사람은 없다. 순조롭게, 신경 안 쓰고도 헤쳐나갈 수 있었던 흐름을 방해하는 사건이 생기면 우리는 마음 깊이 성가셔 한다. 모두가 변화를 원하지만 아무도 자신이 변하고 싶어 하진 않는다.

우리에겐 변화에 저항하려는 본능이 있다. 우리가 아무리 굳게 변화하려고 마음먹어도 팔이, 다리가, 골반이, 하다

못해 위와 내장들까지도 지금 있는 장소에서 버틸 수 있는 데까지 버티려 하기 때문에 새로 태어나기가 그토록 힘든 것이다.

나는 나를 파괴할 권리가 있다

"나는 나를 파괴할 권리가 있어요."라고 프랑수아즈 사강이 법정에 서서 말한 바 있다. 그때 그녀는 약물 과다복용 혐의를 받고 있었다. 그녀의 방탕에 가까운 자유를 열렬히 흠모하던 열여섯 시절부터 마흔을 넘긴 지금까지 난 그 말에 찬성이다.

그녀는 누구에게도 책임을 떠넘기지 않았다. 내 환경이, 부모가, 가혹한 시대가, 사회적 불평등이, 성차별이, 무능한 남자들이 날 망가뜨렸다고 말하지 않았다. 그 말 안에는 내게 일어나는 모든 일에 관한 책임은 나에게 있으며, 바로 그렇기 때문에 내 삶에 신과 같은 권력을 행사할 권리도 나에게 있다는 선언이 숨어 있다. 메시지는 명료했다. 설혹 그것이 날 파괴할지라도 내가 선택한 삶의 방식이므로 내겐 의미 있노라고. 당신들이 가타부타 할 일이 아니라고.

맞다. 우리는 이대로 우리 몸을 파괴하는 일에 매진할 수도 있다. 하루하루의 일과를 폭력적으로 해치울 수 있다. 하지만 그것이 과연 우리의 선택인가?

우리가 살고 있는 현대 사회는 '함'에 기반을 두고 세워진 공동체다. 어떤 일을 하세요? 오늘 뭐 했니? 할 일이 그렇게 없니? 당신은 당신이 '하는' 일로 정의되고, 우리는 일기장에 '한 일'들과 '할 일'들을 적는다. 그 일들을 어떤 마음으로 할 것인지, 몸을 어떤 식으로 움직여서 할 것인지는 이야기하지 않을 뿐더러 관심도 없다.

그런 식으로 다 함께 몸을 무너뜨리고 있다. 교복처럼 똑같은 자세들을 입고. '희생 없이, 고통 없이는 아무것도 얻지 못한다.'는 신념하에 서로에게 자기파괴를 권하는 사회가 된 것이다. 몸(지금, 여기)을 혹사해서 성공을 거머쥐라고 가르친다.

또한 우리는 아주 어릴 때부터 몸을 짓밟고 올라서는 법을 배운다. 나 또한 한창 꽃처럼 피어나려 하는 10대의 몸을 맞지도 않는 나무 책상과 의자에 쑤셔 넣고 오래 앉아 있는 법을 익혔고, 누구보다 잘했고, 칭찬받았다. 그때 그 누구도 몸을 가볍게 느끼고, 길게 펼치고, 유연하게 쓰는 법을 가르쳐주지 않았다. 그때 몸을 배웠더라면 내 삶은 달라졌을 것이다. 훨씬 더 환하고, 즐거움과 기쁨에 열려 있는 몸을 갖고 10대와 20대를 지낼 수 있었을 것이다.

자신의 몸 안에서 편안히, 흐르듯 움직이는 사람만큼 매력적인 이는 없다. 우리는 언제부터 그 쉬움과 우아함을 잃어버리게 된 것일까? 지나치게 짊어진 의무, 데드라인, 비좁은 시간의 상자 속에 그 모든 것들을 쑤셔 넣기 위해 우리의 몸은 접혀지고 구겨진다.

굳이 말하지 않아도 알게 되는 것

25세 때 얼마나 긍정적인 인간이었는지가 60대의 건강에 치명적인 영향을 미친다. 오늘 한 생각들이, 지금 느끼는 기분들이 미래의 내 몸에 손을 대고 있는 것이다. 텔로미어 박사로 알려진 엘리사 에펠Elissa Epel은 이렇게 말했다.

"우리 몸의 세포들은 우리가 하는 생각을 듣습니다."

70대에도 싱싱한 젊음을 유지하며 미모를 뽐내는 왕년의 할리우드 스타 제인 폰다Jane Fonda가 화장품 회사의 광고판에 등장한 적이 있다. 그 광고를 본 여자들은 물론 혹했다. '70세에 저렇게 보일 수만 있다면 나도 당장 저 화장품을 써야겠어.' 하지만 누군가가 따끔한 진실의 일침을 놓았다.

"만약 당신이 20대 때 제인 폰다처럼 보이지 않았다면 70세에도 제인 폰다처럼 보이진 않을 거예요."

우리가 어떻게 보이는가를 결정짓는 것은 30%가 유전이고 70%가 선택이다. 그리고 40세가 넘어가면 선택의 비중이 90%로 더 커지게 된다. 우리의 몸 나이, 몇 살로 보이는가를 결정짓는 것은 새털 같은 나날들 속에서 새털 같은 순간 우리가 취하기로 선택한 자세들이다. 그리고 중년은 그 새털같이 쌓인 선택들의 무게를 '느닷없이' 느끼게 되는 때다. 소복소복 쌓인 눈송이들의 무게에 어느 순간 지붕이 내려앉듯이.

"잠깐만요, 난 이런 자세를 취하기로 선택한 적이 없어요. 그냥 살아왔을 뿐이에요. 그게 선택할 수 있는 문제였다면 내가 이런 구부정하게 배 나온 자세를 선택했겠어요?"

이렇게 말하고 싶겠지만, 당신은 선택했다. 아니, 선택하기 귀찮아서 습관에게 맡겨두고 손을 떼어버리기로 선택했다.

우리가 흔히 "나이 탓이야."라고 이야기하는 여러 신체 노화의 증상들이 실제로는 그 신체를 갖고 살아온 세월의 길이와는 크게 상관없다는 사실이 속속 밝혀지고 있다. 그보다는 그 세월 속을 어떻게 살아왔는가에 훨씬 더 크게 영향을 받는다.

결국 '몸나이'라는 것은 쌓아온 습관과 생활패턴이다. 오랜 시간을 두고 쌓아온 삶의 사소한 것들, 별거 아닌 것처럼 보인 선택들, 무심코 반복한 동작들, 습관적으로 떠올린 생각들이 우리가 어떻게 보이는가, 몇 살로 보이는가를 결정한다. 그래서 사람이 하루아침에 바뀌지 않는 것이다.

'몸표정', 즉 우리의 인상이란 습관이기 때문이다. 습관이 무서운 점은 무심코 나를 비집고 나온다는 점이다. 주머니에 넣어둔 못처럼. 습관은 우리의 사전 동의를 거치지 않는다. 눈을 깜박이고 딸꾹질을 하는 것처럼 마음 내킬 때마다 그 존재를 드러낸다. 그 무심한 동작들은 우리의 성품과 역사를 고스란히 드러낸다. 깊은 이야기를 나눠보지 않아도 우리는 서로를 책처럼 읽을 수 있다. 걸어 들어오는 방식에서, 의자에 앉기 전 손을 내미는 방식에서 이미 우리는 스스로를 소개하고 있다. 어떤 방식으로 삶을 사는 사람인지, 스스로를 어떻게 다루며 지내왔는지.

여행가방에 붙어 있는 스티커들처럼 우리가 지나온 모든 길들, 짐을 풀고 머물렀던 모든 방들, 만나고 헤어졌던 모든 얼굴들, 하지 말았어야 했던 약속들, 회한들, 이루지 못한 꿈들이 몸느낌이 되어 우리 위에 덕지덕지 붙는다. 갔던 길들만 흔적을 남기는 게 아니다. 가지 않았던 길들도 흔적을 남긴다.

했던 일들이 음각처럼 움푹 파여 온갖 감정적 먼지와 찌꺼기들이 그 틈에 끼인다면, 하지 않았던 일들, 못다 한 말들, 미뤄두었던 일들은 양각처럼 볼록 솟아 시시때때로 발에 걸려 넘어지게 한다. 잊을 만하면 한 번씩 마음을 흔들어 놓고 휘청거리게 만든다.

사연 많은 사람은 그 특유의 느낌을 두르고 다닌다. 그래서 어른들의 세계에는 굳이 말하지 않아도 알게 되는 것들이 생긴다.

Chap. 24

우리가 몸으로 맛본
세상의 기억들

멈추고, 놓고, 늦추기 위해 1~2초를 허락하자.
그 작은 틈이 없기 때문에
우리는 삶을 바쁘고 정신없는 것으로 경험한다.
세상이 툭툭 던지는 대로 이 공, 저 공을
생각 없이 쫓아다니다 보면
그 바쁘고 정신없는 상태가 습관이 되어버려
아무런 할 일이 없을 때도 정신없는 느낌 속에서 지내게 된다.
'하는 일 없이 바쁜 사람'은 이렇게 탄생한다.

정글의 법칙은 21세기 인간의 삶에도 그대로 적용되고 있다. 길을 가다 만만해 보이는 동물과 맞닥뜨리면 우린 싸운다. 우리보다 크고 힘센 동물이 다가오면 도망친다. 그리고 도망칠 수도 없을 만큼 위협적인 상대 앞에선 죽은 척한다. 공포로 뻣뻣해진 몸을 웅크린 채 눈을 감고는 운명이 운 좋게 우릴 못 보고 지나치거나 최대한 고통 없이 숨통을 끊어주길 기도한다.

딱한 점은 인간이라는 동물종이 그런 정글의 라이프스타일에 적합한 쪽으로 진화하지 못했다는 점이다. 그러기엔 발이 너무 느렸고 물어뜯는 힘도 형편없었고 결정적으로 머리가 너무 좋았다.

기억력과 상상력이 문제였다. 인간 이외의 다른 동물종은 순간을 산다. 하이에나의 콧김이 엉덩이에 닿을 정도로 쫓기고 있는 토끼는 혼신의 힘을 다해 달린다. 하지만 일단 그 고비만 벗어나면 다시 햇볕이 내리쬐는 5월의 초원으로 돌아와 유유히 클로버 잎을 뜯어 먹는다. 몇 날 며칠을 토끼 굴에 머리를 묻고 그 공포의 기억을 되풀이해 떠올리며 진저리치거나(한발만 늦었어도 그놈이 날 물어뜯었을 거야. 그 소름끼치는 송곳니로! 이렇게 쫓긴 게 이번이 처음이 아니야. 왜 그놈은 꼭 날 못 잡아먹어서 안달일까?) 자책하거나(그 많은 토끼들 중에서 왜 하필 날 노리는 걸까? 내가 멍청하고 느려 보이는 걸까?) 다시 그런 일을 겪을까 두려워(하이에나에게 물려 죽느니 차라리 굶어 죽는 게 나아. 난 그냥 굴 안에 있겠어!) 밖으로 나가는 걸 포기하지 않는다. 하이에나는 한순간 토끼를 점령했지만 그다음 순간엔 사라진다.

하지만 우리의 하이에나는 기억 속에서 끊임없이 우리를 물어뜯는다. 뿐만 아니라 상상 속에서 더 거대해지고 더 흉포해져서 우리 삶을 온통 공포의 초원으로 뒤바꿔버린다. 그렇게 늘 쫓기는 감정을 경험하다 보니 그 감정을 몸으로 표현하게 되고, 그렇게 쌓인 몸습관들이 방어적인 자세로 굳어지게 된다.

우리가 스스로를 움켜쥐는 이유는 확실하다. 두려움을 느낄 때, 분노를 느낄 때, 혹은 갈등을 느낄 때 우리는 일단 죽은 척하기 때문이다. 몸을 딱딱하고 납작하게 만들면 피부에 물기가 사라지면서 맛없어 보인다. 이렇게 최대한 매력 없는 상태로 만든 뒤 숨을 낮게 쉬거나 아예 숨을 멈춘다. 그렇게 함으로써 청각이나 후각 쪽으로 에너지를 몰아주면, 상황을 더 예민하게 감지할 수 있기 때문이다. 또 그렇게 생의 활기를 걷어낸 몸은 아우라, 즉 존재감이 옅어지기 때문에 적의 눈에 띌 확률도 확 줄어든다.

그런 정글의 처세술이 사회생활과 인간관계 속으로 들어오다 보니 아예 멱살을 움켜쥔 채로 살아가는 사람들이 생기는 것도 무리가 아니다. 스스로를 제어해야 할 상황이 너무 자주 일어난다. 의자를 박차고 우당탕 회의실 밖으로 나가지 않기 위해서, 터져 나오려는 그 한마디를 뱃속에 담고 있기 위해서, 오늘도 못 본 척 질끈 눈을 감고 지나치기 위해서, 우리는 스스로를 움켜쥔 고삐를 늦출 수가 없다. 작업복을 입은 채로 쪽잠을 자는 노동자처럼, 군화를 신고 철모를 쓴 채 밥을 먹는 군인처럼.

불안과 조급함, 초조함들이 우리의 움직임을 지배하고 우리는 그 동작들 속에 갇혀 지낸다. 바쁜 일이 없을 때도 쫓기듯 걷고, 걱정이 없을 때조차 웅크리고 앉는다. '아무 일 없는데도 불안한 사람' 역시 그렇게 만들어진다.

"웅크려, 죽은 척해!"가 일상모드가 된 몸은 생물학적으로 가장 중요한 장기를 보호하기 위해 어떤 자세를 취해야 하는지 알고 있다. 뇌와 생식기관을 감싸고 있는 근육을 최대한 두텁고 딱딱하게 만드는 것이다. 난공불락의 요새처럼. 목이 짧을수록 머리는 안정적으로 몸통에 붙어 있을 수 있다. 허리가 굵을수록, 허벅지와 엉덩이가 두툼할수록 골반이 위험에 노출될 확률이 줄어든다.

오늘도 도심 속을 걷다 보면 수많은 토끼들이 양복을 입은 채 하이에나에게 쫓겨 다니는 것이 보인다.

알아서 살아남는 재주

지구상에서 가장 힘센 동물종이 된 21세기에까지 인간이 왜 항상 불안해하고 긴장하는가에 관해 플라톤은《프로타고라스protagoras》에서 이렇게 설명했다. 신은 세상과 그 안에 사는 생명들을 창조한 뒤, 프로메테우스와 에피메테우스 쌍둥이 형제를 세상에 내려보냈다. '땅 위의 피조물들에게 스스로를 지키고 살아남을 수 있는 재주를 하나씩 나눠주고 오라.'는 임무와 함께. 형제는 천국의 자루를 열고 길게 줄지어 늘어선 동물들에게 나눠주기 시작했다. 새는 날개를 달고 나는 재주를 받았고, 사슴은 빠른 발로 달리는 재주를 받았고, 바퀴벌레는 위대한 번식력으로 끝없이 기어 나오는 재주를 받았다.

좀 덜떨어진 종족이었던 인간은 그 중요한 순간에조차 늦어서 줄 맨 끄트머리에 서게 됐고, 그의 차례가 됐을 땐 이미 천국의 선물자루가 텅 빈 뒤였다. 형제 신은 고민에 빠졌다. 이 오갈 데 없이 연약해 보이는 피조물에게 무언가를 주긴 해야겠는데…. 긴 토론과 논쟁 끝에 그들은 '알아서 살아남는 재주'를 주기로 결정한다. 그때그때 스스로 알아서 살길을 모색하려 애쓰는 재주를. 이야기가 이 부분에 다다르면 난 항상 분통이 터지면서 혼란에 빠진다. 무책임하고 방만한 신 같으니!! 그건 선물이 아니라 저주에 가깝다는 걸 그들은 정말 몰랐던 것일까?

털도 없이 느려빠진 몸뚱이를 지키기 위해 끊임없이 깨어 두리번거리고, 작은 소리에 소스라치고, 어쩌다 먹이가 생겨도 맘껏 먹지 못하고 내일을 위해 쌓아두고, 그 '내 것'을 떠나지 못하는 어리석음 때문에 인생의 덫에 걸려 죽을 줄 몰랐단 말인가? 아니, 아니, 그렇게까지 분개할 일은 아니라고 인류학자들은 만류할지 모른다. 바로 그 불안이 오늘날의 호모 사피엔스를 있게 한 거라고. 결과적으로 노루보다 빠른 발과 달까지 날아갈 수 있는 파워풀한 날개를 우리 스스로 만들어 달지 않았느냐고. 그럴지도 모른다. 하지만 우리가 끊임없이 신경안정제를 삼켜가며 발과 날개를 만들어 다는 동안 이미 그것들을 선물로 받은 새와 노루가 누렸을 평화가 이따금씩 부러워지는 것은 어쩔 수 없다. 그 느긋하고 유유한 초원의 시간이.

위험을 감지한 몸은 외부세계로부터 스스로를 격리시

킨다. 모든 에너지를 생존을 위해 써야 하기 때문에 최대한 딱딱하게 벽을 쌓으려 하고 그러기 위해 근육을 긴장시킨 다. 우리가 자주, 오랫동안 습관적으로 긴장시켜온 근육들 은 수축된 상태로 굳어지고, 보통 그 근육들은 어깨, 목, 등, 골반에 집중된다. 딱딱하게 굳은 근육들은 그 근육이 감싸 고 있는 관절들을 굳게 만들고 연골을 마모시킨다. 알렉산 더 로웬Alexander Lowen에 따르면 우리 몸의 어느 부분이 딱딱하 게 굳어 있는지를 보면 그 사람의 성격을 알 수 있다고 한 다. 목이 뻣뻣한 사람의 성격, 가슴근육이 수축된 사람의 성 격, 골반이 굳어 있는 사람의 성격들을 관찰해보면 공통점 이 많다는 것이다.

억눌린 감정, 스트레스, 울지 못한 울음, 마음에 담아둔 말 등의 감정은 끈끈하고 두텁고 무거운 성질이 있다. 그것 들이 몸에 쌓이면서 딴딴하고 답답해 보이는 체형을 빚어낸 다. 단순히 뚱뚱한 것과는 차원이 다른 느낌이다. 포동하게 살이 올랐어도 경쾌하고 건강한 느낌을 주는 몸이 있는가 하면 분명 살이 찐 건 아닌데도 꽉 막히고 땡땡해 보이는 몸 이 있다. 특히 여자들은 생리적으로 감정적 찌꺼기들을 엉 덩이와 골반에 쌓아두기 쉽다.

우리는 흔히 어깨결림이나 관절통을 나이 탓으로 돌리곤 한
다. 하지만 그것은 나이와는 별 상관이 없다. 그것은 살아온
세월 동안 매일을 '어떻게' 느끼며 살아왔는가에 달려 있다.
얼마나 나이를 먹었느냐가 아닌, 어떻게 나이를 먹었느냐를
우리 몸이 이야기하고 있는 것이다.

'어떻게' 하느냐는 모든 것을 바꿔놓는다. 생각과 느낌
을 세팅하는 것은 무대장치를 바꾸고 조명을 바꿔 다는 것
과 같다. 가령, 하루에 똑같은 무게를 들어 올리고 똑같은
동작들을 똑같은 횟수로 반복하는 두 사람이 있다고 치자.
1명은 헬스 트레이너고, 다른 1명은 철도역의 짐꾼이다. 둘
다 근육이 발달하고 볕에 그을린 피부를 갖고 있지만 그 몸
느낌이 전혀 다르다.

같은 운동선수라 해도 육상선수와 역도선수의 몸은 한
눈에 알아볼 만큼 다르다. 같은 육상선수라 해도 마라톤 선
수와 100m 단거리 선수의 몸도 그 다른 느낌이 확연하다.
같은 시간 동안 같은 양의 땀을 흘리며 운동했다 해도 그것
이 몸을 어떻게 움직여 흘린 땀인지가 몸에 판박이 되어 나
오기 때문이다.

우리는 근육을 만들고 근육은 우리를 만든다. 몸은 마

음과 느낌을 담는 그릇이다. 뼈와 연골과 근육과 그 근육을 감싸고 있는 막과 그 모든 것들의 사이로 흐르는 체액은 우리가 맛본 세상의 기억들을 담고 그곳에 있다. 그리고 우리는 그 기억들 안에 살다가 그 모양대로 굳는다. 특정한 기억, 습관적인 감정 속에 갇혀버리는 것이다.

미뤄둔 계획들, 하다 만 일들, 사소한 것에 연연하여 큰 것을 놓치는 습관들, 편리한 자기비하들, 합리화를 위한 구실들, 반복되어 습관으로 굳어진 실패와 좌절들을 우리는 누에고치처럼 몸에 두르고 다닌다. 가슴에 품은 새로운 결심이 몸 밖으로, 행동으로 나타나려면 차곡차곡 쌓인 그 겹겹의 층을 하나씩 뚫고 나와야 한다. 그 와중에 사기충천했던 결심은 배터리가 닳아가듯 약해지고 시들해지고 결국은 주저앉는다. 그래서 사람이 바뀌기란 그토록 힘들다.

마주 보고 있는 2개의 거울처럼 뇌와 몸은 끝없이 번갈아가며 서로를 비춘다. 느낌은 행동을 지배하지만, 행동도 느낌을 지배한다. 느끼고 싶은 대로 행동하라는 말이 있다. 활기차게 움직이면 활기찬 기분이, 가볍게 걸으면 가벼운 기분이 솟아난다. 뇌에 양질의 정보를 제공하는 가장 좋은 방법은 신경 써서 정성껏 움직이는 것이다. 좋은 재료를 골라 정성껏 요리한 음식을 먹는 것과 같다.

Chap. 25

스카프 도둑에게도
사연이 있다

우아하고 가볍게 움직이는 사람 곁에
있고 싶은 것은 어쩌면 당연한 본능이다.
그는 자신의 몸 안에서
편안히 쉬고 있는 사람이기 때문이다.
그래서 다른 이에게도 너그러워질 수 있다.
그의 곁에 있으면 큰 나무의 송진 냄새처럼
그 편안함이 내게도 묻는다.

오늘 행위예술가인 친구가 초대한 행사에 다녀왔다. 그 행사의 제목은 '옷과 여자의 이야기'였다. 일종의 즉흥 토크 쇼였는데 그곳에 참석한 여자들이 1명씩 조그마한 무대에 올라가서 오늘 자신이 입고 있는 옷에 대해 이야기를 하는 것이었다. 그 옷을 어디에서 샀는지, 언제 왜 샀는지, 아니면 누가 물려주었는지, 왜 물려주었는지, 왜 오늘 그 옷을 입고 나오기로 결정했는지, 왜 버리지 못했는지를 이야기하는 그룹 퍼포먼스였다. 그리고 차곡차곡 이야기가 깊어지면서 옷 이야기는 그 옷이 감싸고 있는 삶의 이야기로 번져 나갔다. 누군가는 엄마가 입던 리넨 스커트를 입고 나와 그 스커트를 입고 자두를 따던 엄마 이야기를 하며 울었고, 누군가는 아들이 입다 던져버린 낡은 티셔츠를 입고 나와 절약정신을 모르는 남편과 아들에 대한 한탄을 늘어놓았다. 그 자연스럽고도 인간적인 전개에 나는 탄복했다.

행사가 거의 끝나갈 무렵, 친구는 아무런 준비도 되어 있지 않던 나를 억지로 무대 위로 밀어 올렸다. 나는 우물쭈물하다가 결국 내가 목에 두르고 있던 스카프 이야기를 했다. 그건 사실 스카프가 아니라 인도에서 남자들이 치마처럼 허리에 둘러 입는 룽기였다. 여러 해 전, 남인도의 폰디체리에서 열린 힐링 캠프에서 만난 한 친구가 입고 있던 것이었는데, 그게 내 것이 되고 5년이 지나도록 버리지 않고 있다가 그날 두르고 나오기까지의 이야기를 하다 보니 내 인간 됨됨이를 속속들이 들켜버리고 말았다.

그 룽기를 두르고 있던 이는 네덜란드에서 온 릴랙싱 전문가였다. 얀. 그리고 굉장히 우아했다. 굽슬굽슬한 연갈색 머리카락을 어깨 아래까지 늘어뜨리고 기다란 팔다리를 힘들이지 않고 움직이는 그의 모습은 따뜻한 물속의 해파리처럼 나른해 보였다. 어쩌면 인간의 몸 안에서 그렇게 편안해 보일 수가 있는지, 나는 그를 볼 때마다 넋을 놓았다. 그를 보고 있으면 그가 나와 똑같은 뼈와 관절과 근육으로 빚어진 존재라는 사실을 믿을 수가 없었다. 그리고 그는 이따금씩 세상과 소통하는 스위치를 꺼버렸다. 눈을 감고 명상을 하는 것도 아니고 딱히 무언가를 생각하는 것 같지도 않았다. 그냥 눈을 뜬 채로 저만큼 가라앉아버렸다.

한번은 마음먹고 물어본 적이 있다.

"또 멍하니 뭘 하는 거야?"

그는 말했다.

"나랑 접속하는 거야. 내 안의 '속사람'에게 천천히 하나씩 물어볼 것들이 있어서. 우리 편안하니? 우리 행복하니? 지금 가야 할 곳으로 가고 있니? 멀리 떨어져 살고 있는 가족에게 안부전화 할 때 물어보는 것들 있잖아. 그걸 나한

테 물어보는 거야. 밥은 잘 먹고? 좋은 친구를 사귀었니? 해질 무렵엔 산책하는 거 잊지 말고, 다 괜찮으니까 서두르지 말고, 눈치 보지 말고 지내….ʺ

'속사람'이라는 말에 내 안에 있던 작은 사람이 반응했다. 마치 오랫동안 그 이름을 불러주길 기다렸다는 듯이.

"세수를 하고 얼굴을 들면 화장실 거울 안에서 물 묻은 채 날 들여다보는 눈 속의 그 사람 말이야. 그 사람의 안부를 묻는 중이었어.ʺ

그가 걷고 움직이는 모습은 살짝 녹은 아이스크림 같은 질감을 풍겼다. 모서리나 뭉친 구석이라곤 없었다. 그 몸 안에선 모든 것이 나른하고 쉬웠다. 세상의 리듬에 완벽하게 올라타고 있는 사람만이 그런 식으로 손을 흔들고 택시를 잡고 고개를 갸웃할 수 있다. 그런 사람을 보고 있으면 내 몸에도 긴장이 풀리면서 충만한 기쁨이 느껴진다. 그 모습 안에서 내 안의 깊은 꿈이 실현된 것을 보았기 때문이리라.

쉬운 삶. 나와 더불어 봄 강의 연어처럼 쉽게 쉽게 세상을 헤쳐 나가는 꿈. 그 쉬움의 경지에 도달한 이들을 보면 선망과 질투가 한꺼번에 솟아오른다. 저토록 편안한 뼈와 근육을 타고 슈퍼마켓에 가고, 친구에게 손을 흔들고, 춤을 춘다는 건 어떤 느낌일까? 자신의 몸과 어떤 관계를 맺고 있을까?

　그는 성격도 굉장히 나른했기 때문에 절대 서둘러 어딘가로 움직이는 법이 없었다. 그와 함께 길을 가다 보면 꼭 세 살짜리 어린아이와 함께 걷는 느낌이 들었다. 그는 기어가는 개미떼를 구경하기 위해서 쪼그리고 앉았고, 독특하게 생긴 풀을 발견하면 그 잎사귀를 만져보고 냄새를 맡느라고 또 꾸물거렸다.

　그날도 얀이 풍뎅이 사진을 찍느라고 시간을 너무 지체했기 때문에 나는 조바심이 났다. 유명한 음악가의 기타 공연을 보러 가는 중이었고 빨리 가지 않으면 좋은 자리를 차지할 수가 없었다. 풍뎅이는 이리저리 부산스레 움직이는 데다 겨우 렌즈 초점을 맞추면 풀숲에 숨어버려서, 얀은 그 반들거리는 곤충이 다시 나올 때까지 하염없이 기다렸다. 보다 못한 나는 냉큼 풀숲에 뛰어들어 풍뎅이를 잡는 데 성공했다. 그 작은 승리에 도취되어 나는 의기양양하게 얀에게 소리쳤다.

　"내가 잡고 있을게. 얼른 찍어. 아님, 저기 꽃 위에 올려놓을까?"

　얀은 말했다.

　"좀 가만히 내버려둬."

나는 놀라서 그를 바라보았다.

"뭐?"

"이제 그만 놔줘."

그의 암갈색과 꿀빛이 섞인 눈동자가 달래듯 나를 보았다. 나는 풍뎅이를 놓아주라는 말인 줄 알았다.

"넌 늘 네 멱살을 움켜쥐고 있잖아. 그 손에 힘 풀어."

그 손에 힘 풀어. 네 멱살을 움켜쥔 손에 힘 풀어. 그게 무슨 뜻인지 정확히 알 순 없었지만 나는 풍뎅이를 내려놓고 그가 시키는 대로 했다. 스르륵. 나를 움켜쥐고 있던 손아귀에 힘을 풀기로 마음먹자 놀랍게도 누가 나를 놓아주는 느낌이 들었다. 여태껏 멱살 잡힌 줄도 모르던 내 어깨와 뒷목과 가슴이 안도의 숨을 내쉬면서 스르르 제자리로 돌아갔다. 놓여난 풍뎅이도 날개를 펼쳐 날아갔다.

그 뒤로도 얀은 시시때때로 내 등을 톡톡 두드리면서 말했다.

"놔줘. 그거 놓고 얘기해."

그의 그 말은 나의 만트라가 되었다. 놔줘. 일단 그 손 놓고 얘기해. 나를 어찌나 힘껏 움켜쥐고 있었던지, 잠깐씩이나마 손아귀의 힘을 풀고 놓아줄 때마다 내 몸은 안도의 숨을 내쉬었다. 몸뿐만 아니라 나는 풍뎅이를 잡듯 상황도 움켜쥐는 습관이 있었다. 그냥 일들이 자연스럽게 벌어지고 날아다니는 걸 못 보는 스타일.

놓아보기 전엔 모르는 거였다. 긴장을 풀기 전엔 긴장하고 있었단 걸 잊는다. 정전으로 꺼지기 전엔 냉장고가 얼마나 시끄러운 소리를 내는 물건인지를 잊는다. 따뜻한 욕조에 몸을 담그기 전엔 몸이 얼마나 차가워져 있었는지 잊는다. 나는 처음으로 내 멱살을 놓아주었던 그 순간을 잊지 못한다. 그전엔 내가 나를 잘 돌보고 있는 줄 알았다. 잘 먹었고 잘 잤으며 거의 강박적으로 하루 두세 번씩 샤워하고 머리를 감았고, 운동은 아예 직업이었고, 몸은 어찌나 유연했던지 아침식사로 고무를 삶아 먹느냐는 소리까지 들었다.

그런데 나는 그 모든 것을 멱살잡이로 해내고 있었다. 깡패도 이런 깡패가 없었다. 어쩌다 그리 살게 되었느냐고 묻는다면 나의 두려움의 역사를 들춰야만 한다. 결국, 내가 원하지 않는 것들이 나를 만들고 말았기 때문이다. 두려운 것들을 피해가느라 내 마음은 휘어지고 뒤틀렸다. 그리고 그 마음의 굴곡을 따라 몸도 굽어지고 굳어졌다.

냉장고 성격의 탄생

모두가 저마다의 두려움의 돌덩이를 피해 독특하게 휘어진 몸을 하고 살아간다. 내가 가장 두려워하는 것은 들통이다. 들켜버리는 것. 들통 나지 않으려 안간힘을 쓰다 보니 이 지경이 되고 말았다. 여기서 또다시 부모 탓을 안 할 수가 없는 게, 아빠의 과보호에 가까운 막내딸에 대한 관심이 그 돌덩이를 심었기 때문이다.

나는 미숙아로 태어난 데다, 좀 모자란 듯 멍하고, 물에 빠지고, 차에 치이고, 툭하면 길을 잃었다. 그러니 아빠가 내가 몸을 다치는 것에 유독 민감한 것이 당연하다면 당연할 수 있었다. 하지만 그의 경우는 좀 정도가 심해서 놀다가 무릎이 까지거나 팔꿈치가 벗겨지거나 얼굴에 생채기가 난 걸 가지고도 이성을 잃었고 필요 이상으로 분노했다. "누가 이랬어? 어쩌다가 이랬어?"라고 묻는 그의 눈에선 불똥이 튈 듯했다. 나는 그럴 때의 아빠가 무서웠다. 그래서 어딘가에 생채기가 나면 그걸 치료하기보다는 들키지 않기 위해 더더욱 안간힘을 썼다.

몸에 난 흠집을 숨기는 버릇은 마음의 생채기를 숨기는 버릇으로 자라났다. 고민이 있어도 혹시 아빠에게 들킬까 봐 일기에조차 적지 않았다. 그 고민의 불씨가 아빠의 석

탄창고에 옮겨 붙어 증폭되고 활화산처럼 터져 나오는 것을 보느니, 내가 혼자 끌어안고 살짝 데이고 마는 것이 나았다. 고민을 숨기려니 감정을 숨겨야 했고, 나의 진짜 기분을 들키지 않기 위해 감정을 과장하는 버릇이 생겼다. 그때부터 스스로의 멱살을 잡고 살기 시작했던 것 같다. 속으로 멍이 들고 상처가 클수록 겉으로는 더 태연하고 활기차게 보이려니 별 수 없었다.

그래서 내 성격은 테스트되지 않았다. 나의 사춘기 무렵을 휩쓸었던 그 수많았던 성격테스트 게임들 중 어떤 것도 나를 설명해주지 못했다. 그래서 나는 스스로 새로운 성격 카테고리를 만들어냈다. '냉장고 성격.' 그 성격군으로 분류된 최초의 인간으로서 여러분의 이해를 돕기 위해 기자회견을 잠시 열어보겠다.

Q : 냉장고 성격이라는 게 한마디로 어떤 겁니까?

A : 사람들은 내가 밝은 줄 알아요. 문을 열 때마다 환하게 불이 켜져 있으니까요. 문을 닫는 순간 컴컴해진다는 걸 모르니까 하는 소리죠. 그 어둠은 내부자들만이 알아요. 계란, 상추, 우유만 아는 나의 불 꺼진 마음이 있어요.

Q : 솔직하게 불 꺼진 부분도 드러내야 온전하게 이해받고 사랑받을 수 있는 게 아닐까요?

A : 문을 열었을 때 불이 꺼져 있으면 그 냉장고는 고장이 난 건데도요? 내가 그러고 싶다고 그럴 수 있는 문제가 아니에요. 냉장고는 원래 그렇게 생겨먹은 물건이에요.

물론 그런 성격은 그런 몸을 만들어낸다. 겉으로는 활동적이고 잠시도 가만히 있질 못하고 운동도 잘하는 몸이지만, 안으로는 뭉치고 굳어지고 긴장으로 가득한 몸 말이다.

만약 사교적이고 활발하다는 평판을 듣지만, 실은 사람 만나는 걸 싫어하고 몸 안에 꼼짝 않고 들어 앉아 생각만 하면서 살고 싶은 충동을 종종 느낀다면, 당신도 냉장고 성격이다.

Chap. 26

닫힌 몸에서
열린 몸으로

문을 열 때마다
냉장고에 환히 불이 들어오게 하는 것이 전기의 힘이라면,
우리를 불 들어오게 하는 것은 두려움의 힘이다.
'냉장고 성격'들에게 미움 받을 용기 같은 건 없다.
나 때문에 무언가 잘못되는 것을 견디지 못한다.
기대에 미치지 못할까 봐, 실망시킬까 봐,
규칙을 어길까 봐, 주제 넘는 짓을 할까 봐 늘 두려워한다.
그 두려움이 우리 몸에 무슨 짓을 하는지
이젠 알 때도 된 것 같지 않은가?

두려움 fear reflex을 느끼는 순간, 가장 먼저 반응하는 근육은 목이다. 목을 움츠리는 것은 본능적으로 몸의 가장 중요한 기관, 즉 두개골과 척추 윗부분을 보호하려는 동작이다. 그래서 낯선 장소에 도착하거나 흔들다리 위를 걷거나 험상궂어 보이는 사람 앞에 서면 우리는 목을 움츠린다.

하지만 굳이 의식적으로 위험을 느끼지 않는 순간에도 우리 목은 같은 반응을 보인다. 예를 들면 앉거나 설 때. 앉고 서는 것은 기본적으로 낙하와 상승이다. 앉을 때마다 우리 뇌는 습관적으로 '떨어진다!' 모드에 돌입하고 자동적으로 목근육에게 '보호해!' 하고 명령을 내린다. 카페나 지하철에서 사람들이 앉고 서는 것을 보고 있노라면, 그들이 얼마나 방어적인 자세로 앉고 서는지 알 수 있다. 뒷목을 움츠리지 않고 어깨를 편안히 늘어뜨린 자세로 앉는 사람을 본적이 있는가?

"두려움을 없애면 제일 먼저 목근육이 부드러워져요. 간단한 것부터 시작해볼까요? 의자에 앉을 때 두려움을 없애려면 앉기 전에 의자를 흘깃 한 번 보는 것으로 충분해요. 그냥 무턱대고 털썩 주저앉는 것은 일종의 낙하죠. 몸 입장에선 바닥을 알 수 없는 나락으로 떨어지는 모험이기 때문에 당연히 목과 등을 잔뜩 웅크립니다. 의자를 한 번 봐주는 것은 뇌에 정보를 주고 몸이 다음 순간 여행할 공간의 지도를 쥐어주는 거예요. 그러면 몸감은 순식간에 알아차립니다. 얼마만한 높이의 의자인지, 재질은 나무인지 가죽인지, 팔걸이가 있는지 없는지, 그래서 어느 정도의 스피드로 얼마만큼 내려가야 '착지'할 수 있는지를 파악하고 나면 '위험' 신호등은 꺼지죠. 그렇게 길고 릴랙스된 목과 척추로 느긋하게 앉고 서는 모습은 보는 사람들까지 편안하게 만들어줍니다."

몸에게 두려움 없이 움직이는 법을 가르치는 것도 생각과 느낌이다.

"늘씬하고 쭉 뻗은 몸을 가지려면 일단 균형감각을 길러야 해요. 평균대 위에 한쪽 발로 서는 걸 말하는 게 아니에요. 몸이 안전하다고 느끼고 편안해지는 걸 의미하죠. 몸의 라인이 어긋나 있으면 무의식적으로 우리 몸은 늘 긴장하게 되어 있어요. 기우뚱거리는 의자 위에 앉아 있는 것처럼. 스스로를 보호하고 안정감을 찾기 위해서 몸은 최선을 다하죠. 몸통을 최대한 짧고 둥글고 납작하게 만드는 거예요. 절벽 위에서 아래를 내려다보면 본능적으로 몸을 웅크리고 주저앉게 되죠? 바로 그 상태에요. 우린 그걸 닫힌 몸이라고 불러요. 낮은 곳으로 내려와서야 우린 한숨을 내쉬면서 몸을 열 수 있게 되죠.

　머리는 가볍게, 다리는 무겁게, 몸통은 코르셋으로 탄탄하게 받치면 온몸이 안정감을 느끼면서 활짝 열리게 됩니다. 그런 안정감을 갖지 못한 몸은 어떻게든 균형을 잡기 위해서 발가락을 움켜쥐거나, 목을 짧게 하거나, 배에 지방을 쌓거나, 가슴을 웅크리거나, 이를 악물게 되지요. 이 불안한 세상에서 넘어지지 않고 버티려고요."

　그 말을 듣는데 코끝이 찡했다. 내 몸은 그가 열거한 모든 짓을 다 하고 있었다. 어떻게든 '그럭저럭 괜찮다.'고 느껴보려고.

　몸통을 최대한 둥글고 짧고 납작하게 만들기 위해서 우리의 속근육들은 있는 힘껏 웅크린다. 그 근육에 연결되어 있는 관절과 장기들도 물론 함께 웅크리게 된다. 그 긴장과 수축이 반복되고 결국 습관이 되면 팔다리는 짧아지고 관절은 뻑뻑해진다. 늘 가슴이 답답하고 속이 더부룩하고 변비가 생긴다.

　뿐만 아니다. 속근육은 '기분'을 지배함으로써 우리의 라이프스타일에까지 손을 뻗친다. 몸의 중심이 틀어지면 그 신호로 속근육들은 '저주파 불안감'을 낮고 끈덕지게 울려댄다. 꼬집어 말할 순 없지만 무언가 잘못된 듯한 느낌 속에서 하루하루를 보내게 된다. 만약 늘 미적지근하게 화가 나 있는 상태가 계속된다면 이 저주파 불안감에 휩싸여 있는 것은 아닌지 의심해봐야 한다. 그렇게 낮고 계속되는 불안감에 휩싸이면 인간은 서바이벌 모드에 돌입하여 '정신없이 이것저것 해대는' 현대인의 행동과잉증을 보인다. 더 시끄럽고 견딜 수 없는 소음을 일으켜서 신경 거슬리는 낮은 소음을 덮는 것이다. 낮은 전기자극을 받은 쥐가 강박적으로 먹이를 갉아먹는 것과 비슷한 반응이다. 딱하지만 그게 우리가 반응하는 방식이다.

쓸데없는 일들을 벌이고, 그 속에 휩쓸림으로써 스트레스를 일으키고, 바쁘니까 나중으로 미뤄도 되는 일들(마음에 드는 몸을 갖는 것, 옷장 속의 옷 절반을 버리는 것, 마음챙김을 시작하는 것, 책을 쓰고 노래를 부르는 것, 발리에서 살아보는 것, 내가 진정 원하는 일을 찾는 것 등등)을 다시 미루고, 면역력을 약화시킨다. 그다지 마음이 끌리는 일도 아니고, 원하던 일도, 꼭 필요한 일도 아닌데 그저 불안해서, 가만히 있을 수 없어서, 우리는 얼마나 많은 잡동사니들을 삶에 끌어들이는가. 그래서 정작 맘에 들고 삶에 꼭 필요한 일들이 나타났을 때 '지금은 그럴 만한 여유가 없어.'라며 그냥 흘려보내고 마는가.

당신의 몸은 마음보다 본능에 가깝다. 어떻게든 해가

비치는 쪽으로 몸을 트는 나무처럼 진정 원하는 곳을 향해 가기 위해 끊임없이 무언가를 한다. 우리에게 메시지를 보내는 것도 그 일들 중 하나다.

철학자 알랭 드 보통이 이렇게 말한 바 있다. 불면증은 수면부족이라기보다는 이러한 몸 깊은 아우성들이 우릴 흔들어 깨우는 증상이라고. '이봐, 지금은 자고 있을 때가 아니야. 네가 뭘 원하는지를 생각해내야지! 그리고 그곳으로 어떻게 갈지를 어서 궁리해내!'

'도둑감정'을 걷어내야
즐겁게 살 수 있다

고뇌와 불면증의 고향 독일에는 이런 단어가 존재한다.

> 제리슨헤이트Zerrissenheit : 명사. 지나치게 많은 선택지 속에 서 있을 때 느끼는 분리의 느낌, 내면의 갈등, 내적 자아가 갈가리 찢겨 조각나는 느낌.

우리는 에너지를 소모한다. 산다는 것은 연비가 굉장히 낮은 일이다. 몸을 움직이는 것은 물론 생각을 움직이고 마음을 움직이는 데도 생각보다 훨씬 많은 연료가 든다. 무언가에 마음을 빼앗기고, 그것에 대해 되풀이해 생각하고, 그걸 얻기 위해 뭘 해야 할지 궁리하고, 그걸 실행에 옮기기로 결심하는 것까지만 해도, 우리는 피곤해지고 배고파질 수 있다.

여기까진 그래도 우리가 '알고 쓰는' 영역이다. 바르게 놓이지 못한 뼈와 근육이 울려대는 불안감은 우리의 에너지를 모르는 사이에 고갈시킨다. 그냥 피곤하고, 별로 한 일도 없는데 지치고, 늘 어딘가에 눕고 싶다면, 에너지의 잔고가 텅 빈 것이고, '새는 돈'이 있다는 뜻이다. 불안, 짜증, 허무함을 느끼는 것도 다 에너지 차원에서 보면 돈이 든다. 게다가 본능적으로 우리는 그 느낌을 덮으려고 더 강력한 무언가를 하기 때문에 돈이 이중으로 든다. 자산관리를 할 때 가장 먼저 새는 돈을 막아야 하듯이, 몸을 돌보고 그 안의 에너지가 능동적인 곳에 쓰이도록 하기 위해서는 가장 먼저 그 불필요하게 깔린 '도둑감정'을 걷어내야 한다. 바르게 앉고 서고 걸음으로써.

7년 전, 신들의 도시 바라나시에서 새해를 맞이하기로 결심하고 내 블로그에 조그맣게 공고를 올린 적이 있다.

소원을 대신 빌어드립니다. 2010년의 첫 태양이 떠오를 때

갠지스 강물 위에 당신의 소원을 담은 향초를 떠워드릴게요. 힌두교의 3,800명이 넘는 신들이 당신의 기도를 듣게 될 겁니다. 대행 비용은 없습니다. 대신 그 소원이 확실하고, 뜨겁고, 당신이 진정 원하는 것이어야 합니다.

생각보다 많은 이들이 내게 대행을 부탁해왔다. 그 비밀 댓글들을 하나하나 열어 종이에 옮겨 적으며 나는 울었다. 신형차나 시험합격, 승진을 원하는 글은 하나도 없었다. 그렇게 깊이 혼자만의 시간에 잠기면 사람들은 말갛게 어여쁜 본질을 드러낸다. '내가 진정 원하는 삶을 찾고 싶어요.', '이 길이 내 길이 아닌 걸 알면서도 그만둘 수가 없어요. 이 길에서 뛰어내릴 수 있는 용기를 갖고 싶어요.', '진짜 나를 만나고 싶어요.', '내가 뭘 해야 정말로 행복한지 알고 싶어요.'….

거의 대부분의 사람들이 원하는 것은 '내가 원하는 것을 원하는 것'이었다. 가족과 사회가 원하는 곳이 아니라 이제 그만 나를 위한 곳으로 가고 싶은 거였다. 척추가 비틀린 채 견뎌내고 있는 틀에서 스스로를 뽑아내어 '내 자리'로 가고 싶은 것. 나를 주문제작한 우주의 에너지가 세상 어딘가에 파놓았을, 마음도 몸도 꼭 들어맞는 그 안락한 틀에 '찰칵' 하고 맞물려지고 싶은 것.

"닫힌 몸은 모든 문을 꽁꽁 걸어 잠근 집과 같아요. 바깥세상과 단절되어 있죠. 주위에서 일어나는 일에 둔감하게 반응하고 늘 무언가에 걸려 넘어지거나 몸을 부딪히거나 물건을 떨어뜨리게 돼요. 눈을 몸 안으로 돌려서 균형을 찾고, 어긋난 부분이나 굳은 부분을 풀어주면 훨씬 맵시 있고 정확하게 움직이게 될 뿐만 아니라 성격에 여유가 생기죠."

정신적 스트레스도 몸을 닫히게 만든다. 모든 감정적 위협들, 모욕당하거나, 무시당하거나, 데이트 신청을 거절당하거나, 잔소리를 듣거나, 곤란한 질문을 받거나, 고통스런 기억이 엄습하거나, 하다못해 사람들 앞에서 창피당하는 것을 상상하는 것만으로도 우리 몸은 수축하고 짧아지고 딱딱해진다.

사는 동안 헤아릴 수 없이 많은 것들이 우리 몸을 치고 지나간다. 빗방울에서부터 새똥, 야구공, 다른 사람의 어깨, 자전거, 트럭, 야비한 말까지. 그때마다 우린 본능이 시키는 대로 몸속 깊은 근육을 웅크리고 그 충격을 견뎌냈다. 하이에나에게 쫓기는 토끼처럼. 하지만 추격이 끝나면 그 긴장을 먼지처럼 털어내는 토끼와는 다르게 우리의 속 깊은 웅크림은 오래 머문다. 그리고 습관이 된다. 효과적인 방법이기 때문이다. 어쨌든 그렇게 해서 살아남지 않았는가?

그래서 그렇게 깊은 곳까지 긴장시킬 필요가 없는 일들

에도, 예를 들어 손톱이 부러지거나 통화가 끊기거나 차가 막히거나 셔츠에 커피가 튈 때조차도 똑같은 식으로 반응하게 된다. 옷핀을 꽂기 위해 망치를 꺼내든 셈이다. 그리고 그 몸느낌은 필요 이상의 스트레스를 뇌에 전달한다. 그렇게 수축된 채 굳어진 속근육은 긴장되고 불안한 감정을 우리의 바탕 감정으로 깔아버린다. 그래서 생을 즐기려는 순간에 불필요한 걱정거리를 떠올리게 하고 잊고 싶은 기억 속으로 끌어 들인다. 감정이 풍부하고 그 감정이 얼굴에서, 행동에서 자유롭게 흘러나오는 사람은 속근육이 촉촉하고 말랑말랑하다는 증거이다. 자기 자신과 세상 속에서 균형을 잡고 있는 사람은 몸 깊은 곳에서부터 활짝 열려 있다. 표정과 움직임이 편안하고 밝다.

"일단, 그 손 놔."

편안한 움직임 이야기가 나온 김에, 아까 하다 말았던 얀 이야기를 마무리 지어야 할 것 같다. 그는 내가 만나본 중 가장 느긋한 근육의 소유자였으므로. 춤을 추는 이들과 요가 하는 이들로 가득했던 그 거리에서도 얀의 우아함은 유명했다. 무심히 허리에 걸치고 있던 룽기까지 나의 넋을 빼놓을 만큼 우아했다. 푸른색과 보라색이 날염으로 번지듯 염색되어 있던 그 룽기는 파르스름할 정도로 흰 그의 피부 위에 한 폭의 그림같이 걸려 있었다.

어느 날, 어딘가에 걸려서 찢어진 것 같다며 얀이 길게 찢어진 룽기를 입고 친구들이 모인 자리에 언제나처럼 느지막이 나타났다.

"이걸 좀 꿰맬 만한 데가 있을까?"

늘 조그만 반짇고리를 갖고 여행하던 나는 내심 기뻤다.

"내게 실과 바늘이 있으니까 꿰매줄게."

모여 있던 친구들 모두가 조금 놀란 듯했다.

"정말이야? 이걸 꿰맬 줄 안단 말이야?"

나는 코웃음을 쳤다.

"그까짓 건 아무것도 아니야. 우리나라 여학생들은 가사 시간에 블라우스랑 스커트 만드는 법쯤은 기본으로 배워."

"오오…!"

친구들의 감탄에 우쭐해진 나는 의기양양하게 얀의 찢어진 룽기를 떠맡았다. 그런데 룽기를 돌려주기로 한 그 주말, 뜻밖의 소식을 들었다. 고향인 아펠도른에 있던 얀의 여자친구가 아파서 그가 서둘러 네덜란드로 돌아갔다는 것이었다.

그 말을 전해 듣는데 어이없게도 나는 옅은 슬픔을 느끼고 말았다. 얀을 좋아하고 있었나 보다. 바보같이. 또 금세 사랑에 빠져버렸구나. 하지만 내 잘못이 아니야. 그는 정말 꿀 같고 음악 같았는걸. 안녕, 얀. 대신 이 룽기 내가 가질게…. 졸지에 실연을 당하고 위로거리가 필요했던 나는 정성껏 꿰맨 그의 룽기로 어깨를 감쌌다. 누에고치처럼 칭칭 동여맨 뒤 있는 힘껏 꽉 졸라서 묶고는 한참을 그러고 있었다.

그렇게 큼직하고 부드럽고 가벼운 헝겊은 여행할 때 굉장히 유용했다. 햇살이 뜨거울 땐 터번으로 머리에 둘렀고, 강에서 멱을 감고 나와서는 타월로 몸을 닦았다. 시장에서 자두를 바구니째 떨이로 사버렸을 땐 보자기처럼 네 귀퉁이를 묶어 담고 어깨에 둘렀다. 그뿐인가? 싸구려 게스트하우스의 황량한 창문에 그 룽기를 커튼으로 드리우면 감쪽같이 아늑했고, 밤기차를 타고 갈 땐 이불이 되어주었다. 지금껏 룽기도 없이 어떻게 여행했었는지 신기할 지경이었다.

몇 년 뒤 인도를 떠나고, 친구들의 목소리가 희미해지고, 다시 많은 욕심들 속을 헤엄치게 되면서, 나의 멱살잡이 근성은 슬그머니 다시 돌아와 나를 움켜쥐고 있었다. 그런데 나는 몰랐다. 습관이 얼마나 집요하고 교활한지! 지난달, 올리비아의 거울 앞에 서 있는데 잊고 지내던 얀의 목소리가 다시 들렸다.

"일단, 그 손 놔."

Chap. 27

그 모든 자잘한
재앙들 속에서

걷는 모습에만, 앉는 자세에만,
서 있을 때의 몸 느낌에만
마음을 쏟을 수 있는 순간은
오지 않을 것이다.
틈새의 솔기처럼 끄집어내야 한다.
지금 우리가 자세를 보살피면
언젠가 자세가 우리를 보살피는 때가 온다.

우아함을 못 본 척하기란 대단히 힘들다. 누군가가 스스로의 몸 안으로 완벽히 스며들어 하나의 동작을 매끄럽게 해내는 것은 흠 없는 도자기처럼 경탄을 불러일으킨다. 그것은 거의 생체학적 반응이다. 그것은 잘 가꾸어진 몸과 마음을 의미하기 때문이다. 우리 뇌는 그렇게 움직일 수 있는 뼈대와 근육을 흠모하도록 설계되어 있다. 싱싱하고 건강한 몸, 그리고 그런 몸을 가꾸고 컨트롤하는 지적 에너지에 저항할 수 없는 매력을 느낀다. '쉽게 살아가고자 하는 열망'은 우리 DNA에 가장 깊숙이 새겨진 욕구 중 하나이기 때문이다. 오케스트라의 지휘자가 지휘봉을 흔드는 모습이나 리듬체조 선수가 경기를 펼치는 모습에서 눈을 뗄 수 없는 것과 같은 이치이다. 몸을 움직이며 살아가는 이들의 로망, '쉬움'을 그들은 입고 있다.

하지만 그 쉬움은 쉽게 얻어진 게 아니다. 그것을 얻기 위해 누에고치처럼 끈덕지게 몸을 녹여나갔다. 한순간도 스스로에게서 눈을 떼지 않았다. 애쓴 만큼 차곡차곡 발전한다지만, 그래도 그게 눈에 보이기라도 했다면 그나마 쉬웠을 것이다. 하지만 그 과정은 그렇게 친절하지 않다. 안개 속에 모래밭을 걷는 것처럼 오로지 한 발짝 앞만 보인다. 그러다가 어느 날 갑자기 모든 것이 쉬워진다.

그룹 산타나의 기타 연주자 카를로스 산타나는 한 인터뷰에서 그 과정을 이렇게 설명했다.

"흔히들 무언가를 성취하는 과정을 그릴 때 한 계단씩 올라가는 모습을 상상하지만 실은 그 반대에요. 그 경지로 굴러 떨어지는 거죠. 평지를 끝없이 걷다 보면 어느 순간 덜컥 '쉬움'의 웅덩이 속으로 빠지는 느낌이랄까요? 나동그라지듯 모든 것이 얼떨떨해요. 갑자기 모든 게 쉬워지죠. 그 뒤론 그 안에서 누워서 빈둥댈 수 있어요."

쉬움이 꽃피게 하는 것은 시간과 땀이다. 집중, 자기 컨트롤, 연습, 바보스러울 정도의 반복. 그래서 어느 날 앉고, 서고, 걷는 것이 쉬워지면 최고의 칼잡이가 칼을 휘두르듯이, 프리마돈나가 점프를 하듯이, 쉽게 움직이는 몸을 갖고 삶의 무대를 가로지를 수 있게 된다.

하지만 우리의 무대는 그다지 아름답지 않다. 막 잠으로 빠져들려는 순간에 자명종이 울린다. 지하철은 덥다. 새로 산 옷에 누군가 알 수 없는 얼룩을 묻혀놓는다. 답장해야 할 이메일들이 쌓여 있다. 이번 면접에서도 떨어졌다. 씻어야 할 그릇들도 싱크대에 쌓여 있다. 스마트폰은 꼭 공중 화장실 시멘트 바닥에 떨어진다. 뻔뻔한 이웃은 아파트복도에 개를 풀어놓는다. 치과에 가는 걸 더 이상 미룰 수 없다. 카페 점원은 접시에 커피를 흘려놓고 사과조차 하지 않는다.

그 모든 자잘한 재앙들 속에서 당신이 어떻게 서고, 앉고, 걷는지 보여달라.

깨어 있는 모든 순간에 추는 춤

지금 나는 수술 후 경과검진을 받기 위해 엑스레이 가운을 입고 대기의자에 앉아 이 글을 쓰고 있다. 빳빳하게 풀을 먹인 짙은 와인색 가운인데 왠지 꽤 마음에 든다. 병원용 가운은 죄다 힘없이 부들부들하고 멍한 하늘색인 줄 알았는데 이렇게 센스 있는 병원도 있구나. 그러지 않아도 창백하고 풀죽은 대기 환자들에게 어깨의 각을 잡아주고 얼굴에 핏기가 돌아 보이게 해준다. 참 고맙다.

대기실 의자도 신경 써서 고른 흔적이 보인다. 하지만 모조리 부드러운 소파라서 그 위에 서 있긴 좀 힘들겠다. 나는 소파 모서리에 가죽을 대어 조금 단단한 곳에 앉는 발을 댄다. 그 위로 천천히 골반, 척추, 팔의 무게를 내려놓은 뒤 귀를 세웠다. 왜 또 어금니는 앙 물고 있니? 오는 길에 보았던 쌍둥이 강아지들을 떠올리며 입속으로 웃는다. 혀뿌리에 힘이 풀리면서 입안과 목에 평화가 찾아든다.

지금 나는 좌골에 있다. 앉기 직전 꼬리를 뒤로 빼는 것도 잊지 않았다. 꼬리를 자유롭게 흔들 수 있는 상태에서 앉는 뼈를 확실히 느끼며 그 위에 상체를 세우고 두 귀가 머리를 들고 날아오르는 상태에서 다리를 꼬고 앉기란 굉장히 힘들다. 10대 무렵부터 앉아 있을 때 다리를 꼬지 않으면 안절부절못하던 나는 사라졌다. 다른 뼈와 근육을 써서 다른 방식으로 앉게 되었으며 앉아서 다른 경험을 하게 되었다.

자세는 몸의 설계도다. 머릿속에 그 설계도가 그려진 카드를 붙여놓고 뼈와 근육에 그 그림이 판박이 될 때까지 자주 들여다보아야 한다. 반복이 열쇠다. 반복해서 습관이 되고 힘들이지 않고도 그 이미지를 떠올리고 있으면 성공이다.

이렇게 엉덩이뼈 위에 상체를 얹고 머리는 고양이 풍선처럼 띄우고 있다가 내 이름이 불리면 끓는 주전자 뚜껑처럼 미련 없이 홀가분하게 일어설 것이다.

앉고, 서고, 걷는 것은 깨어 있는 모든 순간에 추는 춤이다. 안무가 필요하고, 스텝과 턴과 점프를 익혀야 하고, 공연 전에 리허설을 거쳐야 한다. 그 '리허설' 부분이 특히 어렵다. 한 템포 늦추고 시간의 포켓 속으로 들어가 움직임을 연습한 뒤 선반 위의 유리병을 꺼내거나, 바닥에 떨어진 책을 주워 올리거나, 계단을 올라야 하는데, 습관이 된 우리의 조급함이 연습하게 내버려두질 않기 때문이다.

"인생은 기술이 아니라 요령이에요. 기술이 썩 좋지 않아도 요령만 있으면 잘 지낼 수 있죠. 그리고 요령의 핵심은 '눈치와 타이밍'이에요."

쥘은 그 나른해 보이는 눈꺼풀을 살짝 치켜뜨며 말했다.

눈치와 타이밍. 내가, 내 몸이 지금 어디에서 무엇을 하고 있는지, 어떻게 느끼고 있는지, 아니면 무엇을 하려 하는지를 알아차리고 그것을 할지, 어떤 식으로 할지, 아니면 그만둘지를 결정하는 것이 눈치다. 그리고 오래된 몸쓰기 버릇이 나오기 직전에 절묘하게 멈추고, 놓고, 늦추는 것이 타이밍이다. 눈치와 타이밍이 경지에 이르면 몸으로 꿈을 꿀수 있다.

외국어를 배울 때, 그 언어로 꿈을 꾸기 시작하면 비로소 진짜 말문이 트이는 거라고들 한다. 새 언어의 습관이 딱딱한 의식의 층을 뚫고 들어가 말랑말랑한 잠재의식 속으로 스며들기 시작했다는 증거이기 때문이다. 처음엔 아무리 열심히 외우고 연습해도 사사건건 모국어의 반격에 부딪힌다. 주어가 맨 앞에 나와야 하는 거 아니야? 과거분사라는 게 도대체 왜 필요한 거야? 왜 손은 남성명사인데 손가락은 여성명사야? 등등.

앉고, 서고, 걷는 새로운 방식을 익히려 할 때도 지금껏 몸을 써오던 방식이 만만치 않은 모국어의 텃새를 부릴 것이다. 하지만 꾸준한 반복으로 '벌룬캣 테크닉'이 어느 정도 몸에 붙으면 따로 외우고, 생각하고, 디자인하는 과정이 필요 없어지는 순간이 온다. 이따금씩 나도 모르게 꼬리가 들리고 머리가 풍선처럼 떠오를 때면 몸으로 꿈을 꾸는 듯 황홀하다. 하지만 반어적이게도, 이 무의식적인 자연스러움을 얻을 때까진 굉장히 의식적으로 깨어서 몸을 가르쳐야 한다. 태어날 때부터 그렇게 움직이는 사람인 것처럼 앉고, 서고, 걷기 위해서 나는 오늘도 몸에게 새 언어를 가르치고 있다.

하필이면
카푸치노

나는 지금 도서관의 나무의자 모서리에 엉덩이발로 서서 키보드를 두드리고 있다. '꼬리, 귀, 수염, 풍선'이라고 30초에 한 번씩 말하면서. 주말이라 아이들을 데리고 온 가족들이 많아서 도서관 안은 흡사 키즈카페 같다. 옆 자리에 앉은 한 엄마가 무릎에 앉힌 사내아이에게 책을 읽어주고 있다. 테이블 위엔 테이크아웃 커피가 종이컵에 담겨 있다. 책은 《아기 곰 푸우》인 듯하다.

내 마음은 금세 딴청을 피우고 그 이야기를 듣고 싶어 한다. 그 틈을 놓치지 않고 자세코치의 목소리가 들린다. 머리가 어디에 있지? 팔은 어디서부터 시작되지? 귀와 어깨가 점점 멀어져간다. 자꾸만 손가락 끝으로 달려가는 힘을 날개뼈로, 조종석으로 되돌려놓는다. 발장구를 치며, 몸을 꼼지락거리며 이야기를 듣던 아이가 급기야 커피컵을 넘어뜨리고 만다. 설탕과 크림이 범벅이 된 커피 냄새가 도서관 안에 북소리처럼 울려 퍼진다. 맙소사, 하필 카푸치노였구나.

엄마가 아이를 내려놓고 허둥지둥 바지에 쏟아진 커피를 털어내려 애쓰는 게 보인다. 내가 갖고 있는 물티슈를 빌려주어야겠다. 하지만 그 전에 시간의 포켓 속에 들어갔다 나오자. 꼬리, 귀, 수염, 날개뼈부터 움직여 바닥에 놓인 가방을 들어올린다. 머리를 띄운 뒤 가방 속을 뒤져 물티슈를 찾아낸다. 꼬리뼈를 축으로 골반부터 두어 번 노 저어 옆 테이블까지 간다. 다시 날개뼈부터 크레인처럼 팔을 뻗어 물티슈를 내민다. 아이 엄마의 얼굴에 고마움이 가득 퍼진다.

나, 잘했어.

Chap. 28

카페에서
당신을 보았다

사람들의 움직임이
어느 순간 폭포처럼 밀려들어오는 때가 있다.
표정들은 강렬하다. 아마도 내가 사람이기 때문일 것이다.
같은 형태로 공명하는 몸들이 솟구치고 흐르고
떨고 가라앉고 다가오면 내 몸은 반응한다.
우리를 이토록 깊이 들쑤실 수 있는 것은 사람의 몸뿐이다.
그 팔과 다리와 손가락이 움직이며 일으키는 마법들,
그 눈코입이 열고 닫히며 토해내는 드라마.
그 마법과 드라마에 말려들지 않는 영혼은 없다.

그 카페는 우리 집에서 걸어갈 수 있는 거리에 있었다. '카페 1번가.' 그리고 카페는 매일 아침 나보다 훨씬 일찍 눈을 떴다. 아침 5시 30분에 커피콩을 볶기 시작해서 6시면 문을 연다고 했다. 그래서 나는 한 번도 그 카페 문이 닫힌 모습을 본 적이 없다. 슬리퍼 차림으로 책을 한 권 들고 게으르게 찾아가면 1번가는 항상 커피향을 가득 풍기며 열려 있었다. 앞치마에 볶은 커피를 담고 서 있는 마음 좋은 이모 같았다. 나는 그 카페를 정말 좋아했다. 들어서면서 "다녀왔습니다."라고 말하고 싶은 가게는 많지 않다.

카페는 사치스럽거나 반듯한 구석이 전혀 없었다. 어느 날 친구 대여섯 명이 모여서 카페를 열기로 작당을 하고, 각자 집에 남는 테이블과 의자를 들고 와 차린 듯한 인상을 주는 인테리어였다. 단 하나의 의자도 똑같은 것이 없었다. 나는 골고루 돌아가며 그 의자들에 앉아 커피를 마셨다.

그러다가 꿈처럼 내게 꼭 맞는 의자를 발견했다. 까만 플라스틱으로 만든, 등받이가 없이 말안장처럼 생긴 의자였는데, 그 높이며 안장의 기울기 등이 우연히 내 몸을 자로 재어 맞춘 듯이 적당했다. 그 위에 앉아 있으면 비눗방울 위에 떠 있는 것 같았다. 그리고 가장 좋은 점은 등받이가 없기 때문에 사람들이 앉기를 꺼려해 늘 비어 있다는 점이었다. 자세 프로젝트를 시작한 이래로 난 의자 등받이와 작별한 지 오래다.

카운터 쪽 구석자리에 놓인 그 의자에 앉으면 나는 굴에 깃든 너구리처럼 마음이 놓였다. 누구에게도 들킬 염려 없이 서먹한 하루의 첫 부분을 흘려보낼 수 있었다. 동네 카페가 주는 어수선한 평화가 있고, 갓 내린 커피의 크레마가 두툼한 머그컵 안에서 가만히 소용돌이친다. 그 까만 플라스틱 의자에 앉아서 나는 사람들이 움직이는 것을 보았다. 카페에서 커피를 마시거나 샌드위치를 먹는 사람들 중, 스마트폰이나 노트북 컴퓨터 화면에 시선을 고정시키지 않는 사람은 거의 언제나 나뿐이었기 때문에 투명인간처럼 마음 편히 그들을 바라볼 수 있었다.

카페에선 침대에 눕는 동작만 빼고 우리가 '생활'이라고 부르는 모든 동작들이 일어나고 있었다. 커피, 의자, 스마트폰. 이제 이 3가지만 있으면 우리는 살아간다. 걷고, 의자에 앉고, 이야기를 하고, 일어서고, 먹고, 마시고, 전화를 걸고, 컴퓨터로 작업을 하고, 예쁜 커피잔을 새로 네일아트를 받은 손과 함께 찍어 페이스북에 올린다. 사람들은 이 똑같은 동작들을 아주 독특하게 해내고 있었다. 그것은 21세기 인간들이 약속이나 한듯 추는 춤이었다.

똑같은 안무에 따라 추는 춤도 이렇게 다를 수가 있구

나. 그 독특한 마음을 담은 독특한 모양의 몸들이 독특한 표정으로 앉고 서고 커피잔을 들어 올리고 화면 위에 손가락을 미끄러뜨리는 춤은 아무리 보아도 질리지 않았다. 그리고 볼 때마다 다른 부분들이 읽혔다. '남자의 몸은 그가 쓴 자서전이고, 여자의 몸은 그녀가 쓴 소설이다.'라고 누가 말했던가? 앉고, 서고, 걷는 동안에 우리 몸의 책은 펼쳐지고 생각보다 많은 개인정보를 흘리고 있었다. 옷 솔기에 묻은 먼지가 떨어지듯이 우리의 습관과 취향과 그날의 기분까지 몸을 움직이는 방식에 묻어나온다.

　　이 책의 많은 부분을 그 '카페 1번가'의 구석자리에 앉아 썼다. 그러는 틈틈이 내 앞을 지나갔던, 내 옆에 앉아 커피를 마셨던 사람들을 몰래 글로 사진 찍어두었던 게 있어서 여기 붙인다.

커피 3잔을 마시는 동안 벌어진 일들

한 젊은 여인이 쌍둥이 유모차를 밀고 들어온다. 아기는 한 명만 들어와도 눈을 떼기가 힘든데 그 아기가 둘씩이나 똑같은 얼굴을 하고 똑같은 옷을 입고 한꺼번에 들어온다는 건 거의 팡파르를 울리며 들어오는 것과 마찬가지다. 모두가 그쪽을 바라보게 되어 있다. 아기들은 닦은 동전처럼 반짝거리고 엄마는 그 동전을 닦고 버린 헝겊처럼 축 처져 있다.

턱수염으로 얼굴을 모두 가린 남자가 앉아 있다. 반팔 셔츠 아래로 드러난 팔도 문신으로 빈틈없이 가려져 있다. 누구에게도, 아무것도 보이고 싶지 않다는 그의 열망이 느껴진다. 사람들이 몸을 숨기는 방식은 다양하다. 어떤 이들은 일부러 더욱 눈에 띄는 모양새를 함으로써 그 뒤로 숨어버린다. '보통'의 범주를 넘어선 모습을 하는 것은 용기가 필요하다고들 생각하지만 어떤 이들에겐 그게 방패가 되기도 한다. 어차피 사람들의 관심이 미치는 것은 길어야 2~3초 훑어보고 판단을 내릴 얄팍한 껍데기 층까지이기 때문에 과장되고 부풀려지고 괴상한 껍질을 뒤집어쓰고 있으면 허약하고 평범한 자신은 세상을 상대할 필요가 없어진다.

요란한 문신을 하고, 핑크나 하늘색으로 머리카락을 물들이고, 서커스에서 방금 빠져나온 듯한 화장을 한 이들 중에 유독 마음 약한 사람들이 많다.

루이비통 백을 두 손으로 움켜쥐고 한 동양인 아주머니가 지나간다. 그녀에게 말을 걸었다가는 큰일 날 것 같다. 적진으로 향하는 장수처럼 눈썹을 이마로 치켜뜨고 모두를 노려보며 걷는다. 물론 갑옷을 입었다. 목과 몸통과 골반을 철통같은 갑옷 속에 꾹꾹 접어 넣고 무릎 아래쪽만 부산히 움직여 간다.

자의식으로 가득 찬 젊은 남자가 수탉처럼 볏을 바싹 세우고 지나간다. 완벽하게 다듬은 눈썹, 포토샵으로 그린 것처럼 그러데이션을 한 구레나룻과 턱수염. 도대체 얼마만 한 시간을 거울 앞에서 보내야 저런 모습으로 집 밖에 나올 수 있는 걸까? 그는 스스로를 전시하는 데 너무 골몰한 나머지 주위를 둘러볼 여유가 없다. 그는 '보여주기 위해' 거리에 나왔지 '보기 위해' 나온 것 같진 않다. 오드리 헵번이 영화 속에서 사교계 데뷔 파티장에 들어서던 모습이 떠올랐다. 그녀는 곁에 있던 남자에게 물었었지.

"모두들 나를 보고 있나요? 난 둘러볼 수가 없어요. 표정이 흐트러지니까요."

머리에 스카프를 두른 두 명의 무슬림 여인들이 들어온다. 둘 다 무척 아름답다. 늘 나를 경탄시키는 무슬림 여인들 특유의 짙고 깊은 눈과 긴 속눈썹. 저런 눈을 갖고 산다는 건 어떤 느낌일지 참 궁금하다. 그녀들은 눈뿐만 아니라 코도, 입술도 빚은 듯이 예쁘다. 옷 색깔에 맞추어 스카프의

문양이며 컬러를 고른 감각까지 탁월하다.

　　하지만 안타깝게도 그녀들의 걸음걸이는 그다지 아름답지 않다. 아마도 둘은 자매일 것이다. 똑같은 방식으로 팔자걸음을 걷는다. 둘은 똑같은 보행기를 타고, 똑같은 어른들이 걷는 방식을 보며 자랐을 것이다. 발레리나들이 걷는 경쾌한 팔자걸음이 아니라 골반을 한쪽씩 무너뜨리면서 어기적거리는 팔자걸음이다.

　　둘은 똑같은 박자로 어기적어기적 카운터로 가서는 커피와 토스트를 주문한 뒤, 똑같이 한쪽 골반에 체중을 싣고 삐뚜름하게 서서 어깨를 웅크리더니 커다란 가방 속을 열심히 휘저어 지갑을 찾는다, 쿠폰을 다운받은 스마트폰을 찾느라, 동전지갑을 찾느라 한동안 수선을 피운다. 계산이 끝나자 둘은 또 똑같이 어기적어기적 걸어서 빈 테이블로 간다.

　　아까부터 빤히 바라보고 있었다는 사실을 들킬까 봐 시선을 돌린다. 사람들은 보통 의자에 앉기 전에 재빨리 주위를 훑어보기 때문이다. 왜인지는 모르겠다. 그냥 다들 그렇게 한다. 아니나 다를까, 곧 '쿵' 하는 착지음과 함께 진동이 느껴진다. 1분쯤 기다렸다가 나는 그들 쪽을 힐끗 본다. 똑같이 둥그렇게 등을 말아 의자 등받이에 기대고, 머리만 뚝 떨어뜨려서 스마트폰 화면을 들여다보고 있다. 예쁜 스카프를 두르고 꿀단지 속을 들여다보는 곰 두 마리 같다.

이대로 세상이 멈추어버렸으면 좋겠다

오늘은 둘뿐인 카페 스텝 중 한 명이 아파서 못 나오는 바람에 한 명이 혼자 카운터를 보고 커피를 만들고 머핀을 데우고 토스트를 굽느라 굉장히 바빠 보였다. 나는 좀 한가해질 때까지 기다렸다가 주문을 하기로 한다. 이 남자 스텝의 이름은 후터다. 조그만 이탈리아인으로 깊이 쑥 꺼진 눈에 높은 매부리코, 얼굴의 반을 차지할 정도로 큰 입 덕분에 활짝 웃으면 얼굴은 사라지고 웃음만 보이는 그런 사람이다.

후터는 말을 많이 하지 않으면서도 굉장히 수다스런 느낌을 줄 수 있는 드문 재능을 갖고 있다. 지금도 그는 나를 보자마자 활처럼 경쾌하게 양쪽 눈썹을 치켜 올리면서 한쪽 입꼬리로 씨익 웃어 보인다. 그 웃음만으로 '어이, 왔어? 그러지 않아도 오늘은 네가 왜 안 오나 생각했어.'라고 정확히 말한다. 그리고 양손에 든 접시를 바라본 뒤 눈동자를 천장으로 두어 번 굴려 '어휴, 어찌나 바쁜지 정신이 하나도 없네. 사람 하나 빈 틈이 이렇게 크다니까? 조금만 기다려, 네가 뭘 주문할지는 벌써 다 알아. 금방 만들어서 갖다 줄게.'라고 수다를 떤 다음, 거의 동시에 다른 테이블의 단골을 향해 얼굴을 돌리더니 발끝으로 종종종 뛰는 흉내를 낸다. '커피 곧 나와요. 이다음이 손님 거예요!'라는 뜻으로. 그 단골도 그의 몸말을 토씨 하나 빠뜨리지 않고 알아듣는다.

　"내 건 천천히 만들어도 돼. 난 여기서 하루 종일도 앉아 있을 수 있는걸 뭐."라고 말하는 그는 늘 이 시간에 개를 데리고 산책하는 할아버지다. 그 개는 은퇴한 맹인안내견이다. 경찰견이나 맹인안내견 같은 '근로견'들은 동물복지 차원에서 일정 나이가 지나면 사람처럼 은퇴하고 노후를 보장받는데 그 노후보장은 대부분 입양을 통해 이루어진다.

　영리하고 훈련이 잘된 그 개들을 입양하고 싶어 하는 사람들이 굉장히 많아서 대부분 후보자 명단에 이름을 올려놓고 오랫동안 기다려야 한다. 그리고 아이를 입양하는 것처럼 까다로운 조건을 만족시켜야만 평생 인간을 위해 훈련받고 봉사한 그 개들을 돌볼 자격이 주어진다. 기본적으로 지원자가 사회적으로나 육체적, 정신적으로 건강해야 하고, 개가 뛰어놀기에 충분히 큰 마당이 있어야 한다. 집에 너무 어린 아이가 있으면 안 되고, 부부나 가족이 모두 직장에 나가거나 해서 개를 오래 혼자 두어도 안 된다.

　그 할아버지 부부도 몇 년간 기다린 끝에 재작년에 그 개를 입양할 수 있었다고 한다. 입양할 당시 그 개는 사고로 청력을 상실한 상태였다. 그래서 앉아, 서, 기다려, 손 같은 기본 명령어는 물론 휘파람으로 부르는 소리도 들을 수 없었다. 영리한 그 개는 처음엔 한동안 혼란스러워하다가 곧 들리지 않는 세계에 적응했다. 사람들의 움직임을 읽는 방식으로. "서!"라고 말하기 전, 사람들은 자기가 먼저 멈추어 선다. "기다려!"라고 말하기 전엔 허리를 굽히고 눈을 맞춘 뒤 검지손가락을 세운다. "손!"은 너무 쉽다. 사람들이 자기 손을 내미니까. "잘했어.", "착하지."는 굳이 들을 필요조차 없다. 사람들은 반드시 개의 몸 어딘가를 토닥거린다.

한숨 돌린 후터가 개를 위해 작은 알루미늄 그릇에 물을 따른다. 그걸 보고 있던 한 여자아이가 휴대폰으로 메시지를 보내고 있던 엄마에게 무어라고 귓속말을 한다. 그 아이 엄마는 화면에 눈을 고정한 채 입만 아이 쪽으로 돌려 (21세기 엄마들만이 구사할 수 있는 불가해한 능력 중 하나) 속삭이는 소리로 대답하지만 그 말은 내 귀에까지 들린다.

"네가 직접 부탁해보렴."

시간이 지나도 아이가 움직이는 기색이 없자 엄마는 비로소 냅킨 위에 휴대폰을 놓는다. 지난 20분간 휴대폰 위로 쏟아져내린 상체를 추스르느라고 시간이 좀 걸린다. 블라우스 어깨솔기를 뒤로 넘기고, 목걸이 알이 가운데 있는지 확인하고, 왼쪽 브래지어 끈을 올린 뒤 아이를 안아 의자에서 내려준다. 아이는 아직도 엄마의 힘에 기대고 싶은 기색이 역력하다.

어린아이들은 본능적으로 어떻게 해야 보호본능을 유발시키는 몸을 만드는지 알고 있다. 턱을 치켜들고 아기처럼 엉덩이를 뒤로 뺀 채 발을 두어 번 구른다. 엄마는 가방과 휴대폰이 놓여 있는 테이블 쪽을 곁눈으로 보면서 손을 잡고 몇 발짝 함께 걸어주는 듯하더니 후터 쪽으로 아이의 등을 살짝 민다. 아! 그 딸기 같은 여자아이가 용기를 내는 게 보인다. 엉덩이를 집어넣고 몸을 펴서 가장 큰 키를 만들고, 주먹을 꽉 쥐어서 어깨와 팔이 조금이라도 굵어 보이게 하려 한다.

"강아지에게 내가 물을 줘도 되나요?"

소녀의 그 한마디에 후터는 당장 녹아버린다. 내 저럴 줄 알았지. 피에로처럼 무릎을 탁 꺾더니 어깨로 흐물흐물 내려와서는 소녀와 눈을 맞춘다.

"그럼요, 아가씨! 어쩜 이리도 귀여운 데다 상냥하기까지 하실까."

나는 그가 아이를 핥아먹어 버릴까 봐 조마조마하다. 소녀는 물이 가득 든 그릇을 두 손으로 받쳐 들고 엎드려 있는 개 쪽으로 걸어간다. 물을 흘릴새라 알을 품은 어미새처럼 잔뜩 웅크리고 있다. 마침내 개의 입 앞에 그릇을 내려놓은 순간, 살포시 내려가며 나른하게 펴지던 그 아이의 등과 어깨! 그것은 그날 본 중 가장 아름다운 광경이었다. 개는 천천히 몸을 일으켜 그릇 속의 물을 핥기 시작했고 소녀는 어린아이만이 할 수 있는 완벽한 자세로 쪼그리고 앉아 자신이 품어다준 물을 마시는 개를 바라보고 있다. 잘됐어. 이대로 세상이 멈추어버렸으면 좋겠다.

커피의 요정

오늘 아침, 그 작은 동네 카페의 무대 위에 로열 발레단의 프리마돈나가 등장했다. 그녀는 카페의 새로운 점원인 듯했다. 그녀는 그저 손님이 떠난 테이블을 닦고, 후추와 소금통을 가지런히 다시 놓고, 주방 쪽으로 걸어가 메뉴판을 들고 와 새로 앉은 손님에게 내밀었을 뿐이었다. 그리고 늘 가장 큰 컵으로 커피를 주문하는 나를 위해 한 손엔 커다란 머그컵을, 다른 한 손엔 따듯한 우유가 든 작은 컵을 들고 와 내 앞에 놓아주었을 뿐이었다.

하지만 그 아무렇지도 않은 동작들을 바라보는 동안 내 가슴에 먹물 같은 탄성이 퍼졌다. 아, 어쩌면 저리도 아름다운지. 할 수만 있다면 그녀를 붙잡고 인터뷰라도 하고 싶었다. 언제부터 그렇게 걷기 시작했나요? 어떤 생각을 하면서 걸어야 그런 자세가 나오나요? 목과 어깨를 그토록 길고 유연하게 쓰는 비결이 있나요? 하지만 물론 나는 그 질문을 하지 않았다. 바보 같아 보일 게 뻔했기 때문이다. 그건 고양이에게 워킹을 어디서 배웠느냐고 묻는 것과 같은 일이었다.

그리고 그녀의 맨발이 눈에 들어왔다. 아마도 히피 부모 밑에서 자랐을 것이다. 맨발이 저토록 자연스럽고 편안한 것을 보면. 깔끔하게 빗어 한 오라기도 빠져나오지 않게 목 뒤로 묶은 머리, 귀조차 뚫지 않은 수수하고 말간 얼굴, 카페의 로고가 박힌 검은 에이프런을 두르고 그 안에 검은 블라우스와 긴 치마를 입은 완벽한 차림새에 마침표처럼 찍힌 맨발.

타히티 출신이었던 그녀의 어머니는 영국인과 결혼해 호주 시드니에 살면서도 딸을 타히티 원주민 식으로 키웠다고 한다. 아누는 맨발로 학교에 오는 유일한 학생이었고 안전상의 이유로 적절한 신발을 착용할 것을 권고하는 학교 측의 정중한 편지를 받았을 때 그녀의 어머니는 직접 학교장을 찾아가 담판을 지었다.

"엄마는 늘 말씀하셨지. 딸아, 우리는 3개의 바닥으로 세상을 맛보며 살아간단다. 혓바닥, 손바닥, 발바닥으로. 그게 사는 맛의 삼위일체야. 기껏 태어나서 그중 하나라도 놓쳐버리면 제대로 맛을 봤다고 할 수 있겠니?"

발바닥으로 세상의 촉감을 남김없이 맛보며 살아온 아누는 분명 삶을 더 입체적으로 즐기고 있는 듯 보였다. 그 표정, 그 리듬, 그 걸음걸이…. 발바닥을 통해 대지의 음악이 그녀의 몸속에 흐르고 있었다.

너구리, 굴을 빼앗기다

그런데 그 1번가가 없어져버렸다. 그리고 그 자리엔 스타벅스가 들어섰다. 지난해, 크리스마스를 며칠 앞둔 어느 날 아침, 여느 때처럼 '내 자리'에서 사람들을 바라보고 있는데 아누가 직접 커피를 내려서 들고는 내게 왔다.

"이게 너를 위해 내가 내린 마지막 커피가 될 거야."

1번가의 주인은 바람이 잘 통하고 환한 카페 자리를 후한 가격에 스타벅스에 넘겼다고 했다. 그게 몇 달 전이었고, 아누와 다른 종업원들에게 그 사실을 알린 것은 불과 지난주였으며 마지막 날까지 손님들에게 문을 닫는다는 사실을 알리지 말라고 신신당부했다고 했다. 아누의 얼굴은 슬퍼 보였다.

"이 카페를 정말 좋아했었는데…. 여기서 일하는 게 즐거웠어."

　나는 아누의 손을 잡고 길 잃은 아이 같은 심정이 되었다. 이런 식으로 갈 곳이 없어져버리다니. 이 책은 사라져간 동네 카페에 대한 진혼곡이기도 하다.

　"이 의자, 너 줄까?"

　아누는 사탕 하나를 건네듯 가볍게 물었다.

　"어차피 여기 있던 가구들은 다 폐기될 텐데 뭐. 낡은 것들이라 어디 기부할 수도 없어. 그리고 그 의자엔 오로지 너만 앉았어. 처음부터 네 의자였으니까 네가 가져가."

　카페 1번가의 간판을 떼던 날, 나는 가게 정리를 조금 도운 뒤 '내 의자'를 갖고 집에 왔다. 플라스틱 조그만 안장은 스티로폼처럼 가벼웠다. 나의 1번가가 사라지고 내 커피의 요정이었던 아누가 꿈처럼 움직이는 모습을 더 이상 볼 수 없게 된 뒤 얼마 동안 나는 깊은 상실감을 느꼈다. 욕심쟁이 카페 주인! 그는 너구리에게서 굴을 빼앗았단 사실을 알까?

더 쉽게, 더 가벼운 가슴으로 사는 나

어느 날,
세상 어딘가의 카페에서 우리가 보게 되기를,
그 카페에서 가장 편안하고
자연스럽게 움직여 단연 돋보이는 이가,
커피잔을 들어 올리는 모습이 너무 우아해
눈을 뗄 수 없는 이가 바로 당신이기를.

1년이 그렇게 흘렀고, 여전히 나는 내 몸 안에 있다. 자세 프
로젝트도 여전히 진행 중이다.

물론 나는 여전히 나다. 다만 더 쉽게 사는 나, 더 가벼
운 가슴으로 사는 나, 유쾌하고 느긋한 버전의 나를 발견하
게 되었다. 오랜만에 만나는 친구들도 하나같이 '표정이 밝
아졌다.'는 말을 해준다. 그것이 얼굴표정인지, 밝아진 몸표
정이 얼굴에 비친 것인지는 알 수 없지만 나는 내 몸을 이
전처럼 자주 비우지 않는다. 서 있거나 앉아 있을 때 틈틈이
눈을 감고 시간의 포켓 속으로 들어가는 것이 습관이 되었
다. 친구들과 카페에 가면 소파자리를 양보하고 가장 단단

한 의자를 골라 앉는다. 조급함이 밀려올 때, 습관적으로 머리부터 돌진하려 할 때, 멱살 잡은 손에 힘을 푼다. 자세를 바꾼다는 것은 뼈와 근육의 차원이 아니었다. 성격과 태도의 차원이었다.

　이제 걷는 것은 내가 가장 좋아하는 일이 되었다. 기분이 우울할 때나 스스로가 못마땅하게 느껴질 때면 나는 걷는다. 화가 나지만 화를 내고 싶지 않을 때에도 나는 걷는다. 걸으면서 몸의 꼭짓점들을 하나씩 넓혀서 더 기다랗고, 헐렁하고, 유연한 나를 느끼면 안개처럼 우울이 걷힌다. 아무것도 할 일이 없을 때도 걷고, 아무것도 하기 싫을 때도 걷는다. 아무것도 하지 않고 있다는 것을 들키지 않고 아무것도 하지 않을 수 있는 최상의 방법은 걷는 것이다. 걷고 있으면 세상 속에 있으면서도 나 혼자 있을 수 있다.
　흔히들 새로운 습관을 몸에 붙이는 데 66일이 걸린다고 한다. 무언가에 능숙해지는 데는 1만 시간의 연습이 필요하다고도 한다. 나는 성격이 급한 데다 움켜쥐고 해치우려는 성향이 너무 강해서 여기까지 오는 데만 1년 가까이 걸렸다. 하지만 문득 걷다 보니 나도 모르는 새 새로운 방식으로 걷고 있다는 사실을 깨닫던 순간, 그 느낌이 너무 감격스러운 나머지 걷는 것을 멈출 수가 없었다. 원래 과일 가게에 가던 길이었는데 사과 더미 앞을 지나면서도 걸음을 멈추면 이 느낌이 사라져버릴까 봐 멈출 수가 없었다.

이 기분, 이 몸의 감정이 흩어지지 않도록 나는 만트라를 외우며 걷고 또 걸었다. 꼬리, 귀, 마시멜로우, 수염, 풍선, 꼬리, 귀, 마시멜로우, 수염, 풍선⋯. 2시간 넘게 걸었던 것 같다. 그렇게 걷고 나서도 다리가 아프다는 느낌은 없었다. 엉덩이와 골반을 감싼 근육에 기분 좋은 피로감이 전해졌고 허리와 등이 활짝 열리면서 코르셋 부위에 땀이 맺혔다. 집에 돌아와서 옷을 갈아입고 의자에 앉아 물을 마시고 샤워를 하면서도 나는 그 느낌이 쏟아져버릴까 봐 조심조심 움직였다. 꼬리뼈를 놓치고 머리를 다시 어깨 위에 올려놓아 버리면, 겨우 내 몸에 고인 이 마법의 연기가 몸 밖으로 새어나가 버릴 것만 같았다. 날개뼈부터 뻗어 침대보를 들추고 골반을 움직여 침대 위에 올라 누운 뒤에야 나는 내 오른손으로 왼손을 잡고 흔들었다. 축하해!

넋을 놓고 사람들을 바라보는 버릇은 여전하다. 나는 경험 많은 바리스타가 커피를 내리는 모습을, 턱수염을 멋지게 기른 바텐더가 칵테일 볼을 흔드는 모습을, 시장의 생선가게 주인이 솜씨 좋게 칼을 휘둘러 생선의 등뼈를 발라내는 모습을, 양손에 접시를 들고 왈츠를 추듯 레스토랑의 테이블 사이를 미끄러져 가는 웨이트리스들의 모습을, 하이힐을 신은 여인이 여왕 같은 걸음걸이로 강아지를 산책시키는 것을, 수염을 기른 할아버지가 마치 교황이 축복을 내리듯이 행인들에게 전단지를 나눠주는 모습을 보느라고 많은 약속에 늦었다.

자세 프로젝트가 내게 준 가장 큰 선물은 나를 좋아하게 되었다는 점일 것이다. 이젠 훨씬 낙천적인 시선으로 날 본다. 팔자주름도, 사각턱도, 튀어나온 무릎도 그대로다. 하지만 시원하고 길게 뻗은 새로운 몸느낌 안에 놓고 보니 그리 나쁘지 않다. 쫑긋 세운 귀를 달고 살기 시작하면서 턱을 치켜드는 버릇이 사라졌다. 그러니까 사각턱이 훨씬 덜 보인다. 어떨 땐 작고 갸름해 보이기까지 한다. 고양이 수염을 양옆으로 활짝 펴고 혀를 놓아주는 습관은 팔자주름을 깊어지게 하던 표정의 버릇을 바꿔주었다.

그중에서도 가장 획기적인 것은 난생 처음 내 쇄골을 보게 되었다는 사실이다! 깡말랐던 시절에도 난 한 번도 쇄골이 눈에 띄게 도드라진 적이 없었다. 쇄골이 나올 수 있는 자세가 아니었다. 아니, 그럴 수 있는 성격이 아니었다. 나는 내내 멱살 잡혀 있었다.

쥘의 말은 맞았다. 어깨에서 머리와 두 팔을 내려놓는

습관은 내 성격까지 가볍게 만들어주었다. 긴장하고 조급해하고 불안해하면서 쓰던 근육을 더 이상 쓰지 않으니 그 안에 뿌리 내리고 있던 감정들이 터전을 잃고 시들어갔다. 더 이상 머리를 이고 있을 필요도, 두 팔을 부여잡고 있을 필요도 없어진 승모근은 힘을 빼고 가라앉았다. 머리 5kg, 팔 한쪽에 4kg씩. 수십 년간 지고 있던 총 13kg의 짐을 내려놓아 준 셈이다.

태어나서 처음으로 '나에게 고맙다.'는 마음이 들었다. 이토록 고집 센 내가 바뀔 때까지 반복해줘서 고마워. 계속 매달려줘서 고마워. 포기하지 않아줘서 정말 고마워. 새롭게 앉는 것은, 상냥한 몸느낌을 갖는 것은 굉장한 선물이었다. 사실 머리의 무게는 귀가 달고 날아가도록 놓아주고, 팔의 무게는 척추를 타고 흘러 꼬리뼈가 받아내도록 넘겨주었을 뿐이다. 원래의 자리로 돌아가도록.

어느덧 1초씩 들어갔다 나오는 게 습관이 된 시간의 포켓은 내 이미지 관리에 크게 도움이 되고 있다. 발을 헛디디거나 말을 더듬거나 머리부터 들이밀지 않게 되었으니 말이다. 걷다가 발목을 삐끗하는 경우는 '거의'라고 해도 좋을 만큼 사라졌다. 문손잡이를 잡다가, 차 문을 열다가 손톱이 부러지는 일도 이젠 없다.

운동하고, 요가하고, 명상하고, 인생의 스승들을 찾아 다니며 나는 길 위에서 많은 시간을 보냈다. 파랑새를 찾아 떠난 치르치르와 미치르처럼. 그리고 결국 내 몸으로 돌아 왔다. 돌아와보니 파랑새는 매 순간 속에 있었다. 앉는 법, 서는 법, 걷는 법은 마침내 내 안에 머무는 법을 배우게 했 고 내게 집중하는 법, 힘을 빼는 법, 기다리고 놓아버리는 법을 가르쳐주었다. 그리고 운동으로 키운 근육처럼, 명상 으로 얻은 평화처럼, 스승의 가르침처럼 시간이 지나면 희 미해지거나 잊혀지는 것이 아니라 매 순간 나와 함께 앉아 기다리고, 함께 일어서고, 함께 걸었다.

당신의 몸이 어떤 이야기 속을 헤치며 여기까지 걸어왔 는지는 알 수 없다. 몸은 눈에 보이는 마음이며, 피와 살에 흐르는 개인의 역사다. 일기장과 같다. 다른 이들이 어떤 이 야기를 쓰건 당신 이야기의 토씨 하나도 바꿀 수 없다. 당신 은 당신만의 방식대로 어딘가에서 앉고 서고 걸으며 이 삶 을 여행해갈 것이다. 부디 그 방식이 상냥하고 느긋한 것이 길 바란다. 여정이 아름다워야 여행이 아름다운 법이니까.

당신의 자세 프로젝트를 응원한다.

지은이 곽세라

지은이 곽세라

19년째 여행하며 글을 쓰고 있는 몸, 마음 전문가이다. 삶을 부드럽게 꿰뚫는 시선과 독특한 사유의 힘을 지닌 메시지로 지친 현대인들의 가슴에 고요한 치유를 선사하며 이 시대를 대표하는 힐링라이터로 사랑받고 있다.

이화여대 영문학과를 졸업하고 연세대학교 언론홍보대학원에서 석사과정을, 인도 델리대학교 힌두철학과에서 석사과정을 밟았다. 유명 광고 대행사에서 카피라이터로 일하던 중 '머리'의 삶에 회의를 느끼고 '가슴'으로 살고 싶다는 열망에 따라 인도로 떠나 요가와 철학, 명상을 배우는 것을 시작으로 피트니스와 웰빙의 세계에 뛰어들었다.

글로벌 리조트 클럽메드에서 피트니스, 요가 아시아 퍼시픽 트레이너로 활동했으며 교통방송 '상쾌한 아침'에서 '세라의 레몬요가'를 진행했다. 〈월간 조선〉, 〈바앤다이닝〉, 〈석세스파트너〉 등의 잡지를 통해 웰빙, 건강 칼럼니스트로 활약하는 틈틈이 일본 미술국전인 니카NIKA전 입상으로 화가로 데뷔했고, 인도 전역을 돌며 힐링을 주제로 한 아트쇼 '아트 투 하트Art to Heart'를 펼치기도 했다.

저서로는 《인생에 대한 예의》, 《멋대로 살아라》, 《길을 잃지 않는 바람처럼》, 《모닝콜》, 《영혼을 팔기에 좋은 날》, 《너를 어쩌면 좋을까》가 있고, 번역서로는 《신은 여자에게 더 친절하다》, 《여자들의 집》, 《인생에서 무엇이 가장 중요한가》 외 다수가 있다.

앉는 법, 서는 법, 걷는 법

2018년 2월 22일 초판 1쇄 | 2023년 8월 10일 6쇄 발행

지은이 곽세라
펴낸이 박시형, 최세현

책임편집 최세현
마케팅 양근모, 권금숙, 양봉호, 이주형 **온라인홍보팀** 신하은, 현나래
디지털콘텐츠 김명래, 최은정, 김혜정 **해외기획** 우정민, 배혜림
경영지원 홍성택, 김현우, 강신우 **제작** 이진영
펴낸곳 (주)쌤앤파커스 **출판신고** 2006년 9월 25일 제406-2006-000210호
주소 서울시 마포구 월드컵북로 396 누리꿈스퀘어 비즈니스타워 18층
전화 02-6712-9800 **팩스** 02-6712-9810 **이메일** info@smpk.kr

ⓒ 곽세라(저작권자와 맺은 특약에 따라 검인을 생략합니다.)
ISBN 978-89-6570-579-6 (03810)

- 이 책은 저작권법에 따라 보호받는 저작물이므로 무단전재와 무단복제를 금지하며, 이 책 내용의 전부
  또는 일부를 이용하려면 반드시 저작권자와 (주)쌤앤파커스의 서면동의를 받아야 합니다.
- 잘못된 책은 구입하신 서점에서 바꿔드립니다.
- 책값은 뒤표지에 있습니다.

쌤앤파커스(Sam&Parkers)는 독자 여러분의 책에 관한 아이디어와 원고 투고를 설레는 마음으로 기다
리고 있습니다. 책으로 엮기를 원하는 아이디어가 있으신 분은 이메일 book@smpk.kr로 간단한 개요와
취지, 연락처 등을 보내주세요. 머뭇거리지 말고 문을 두드리세요. 길이 열립니다.